미래에서 온
영화감독

철순 현대 판타지 장편소설

WISHBOOKS MODERN FANTASY STORY

미래에서 온 영화감독 1

철순 현대 판타지 장편소설

초판 1쇄 찍은 날 | 2019년 1월 4일
초판 1쇄 펴낸 날 | 2019년 1월 11일

지은이 | 철순
펴낸이 | 예경원

기획 | 위시북스
편집책임 | 이규재
편집 | 위시북스

펴낸곳 | 예원북스
등록번호 | 제396-2012-000132호
등록일자 | 2012. 7. 25
KFN | 제1-352호

주소 | 경기도 고양시 일산동구 호수로 646-24 위너스21 II 빌딩 206A호 (우)10401
전화 | 031-819-9431 팩스 | 031-817-9432
E-mail | yewonbooks@naver.com

ISBN 979-11-965806-6-7 04810
       979-11-965806-5-0 (set)

미래에서 온
영화감독 ①

철순 현대 판타지 장편소설
WISHBOOKS MODERN FANTASY STORY

미래에서 온
영화감독

CONTENTS

프롤로그

　도시의 야경이 내려다보이는 판자촌 중턱, 비탈진 경사로에 있는 포장마차는 강찬의 유일한 안식처다.

　붉은 천막과 파란 테이블.

　허름한 포장마차 안, 덥수룩한 수염과 비쩍 마른 얼굴을 한 큰 키의 사내가 홀로 앉아 소주를 마시고 있었다.

　"인생……."

　술에 취해 붉어진 얼굴의 강찬은 잔이 비었음을 확인하고 소주를 따랐다. 하지만 병도 비어 있는 상황.

　강찬은 흔들거리는 눈의 초점을 맞추며 테이블 위에 놓인 소주병을 세웠다.

　"하나…… 둘…… 셋……."

총 다섯 병.

한 병에 3천 원이고 우동이 5천 원이니까.

한참 동안 손가락을 꼽아보던 그가 씩 미소를 지으며 말했다.

"3병 더 먹을 수 있겠네."

3만 원이 있으니 3병 더 먹고도 천 원이 남는다. 오늘 이렇게 먹으면 내일은 물로만 버텨야겠지만 뭐 어떤가. 어차피 언제 잡혀가 장기를 떼일지도 모르는 삶인데.

포장마차에 홀로 앉아 딸꾹거리던 그는 담배를 피우기 위해 밖으로 나왔다. 한겨울의 찬바람 속, 300원짜리 라이터를 딱딱거리며 불을 붙인 그가 긴 연기를 내뱉은 순간.

저 멀리 여자 하나가 비탈길을 걸어 올라오는 것이 보였다.

하얗다 못해 창백한 피부, 큰 눈과 쭉 뻗은 코, 조금 작은 듯한 붉은 입술. 거기에 피부색과 대비되는 검은 정장과 검은 하이힐, 새까만 머리까지.

"장면이 살았을 텐데."

술에 취해서일까, 생각이 입 밖으로 튀어나왔다. 그 말을 들은 건지 여자는 내 쪽을 바라보았다.

평소라면 황급히 고개를 돌렸겠지만, 지금은 머리끝까지 술이 오른 상태.

눈을 마주치며 눈인사를 건넸다.

그녀 또한 내 눈을 피하지 않고 고개를 까딱인다.

만약 배우로 데뷔한다면 얼굴만으로 반은 먹고 들어갈 것 같은 느낌 있는 마스크.

얼굴을 보는 순간 어울리는 배역, 상황 그리고 모든 것이 어우러진 완벽한 장면이 수십 개는 떠올랐다.

"완벽하구먼."

강찬의 영화, '하루'의 여주인공 자리에 배급사 사장 딸년이 아니라 저 여자가 있었더라면 대박을 쳤을지도 모른다.

'아니, 무조건 대박이었겠지.'

여자에게서 눈을 돌린 강찬은 달도 없는 하늘을 향해 시선을 던졌다.

3년 전.

나에겐 기회의 문이 열렸었다.

아니, 사실은 지옥의 문이었지만.

내가 쓴 시나리오를 가지고 영화를 찍을 수 있는 기회가 찾아왔다. 투자자들까지 모았으며 거기다 대형 배급사와 연결되었다.

일생일대의 기회라 생각한 나는 빚까지 내서 영화를 찍었고, 결국 거하게 말아먹었다.

시나리오와 캐스팅, 연출까지 완벽했으나 문제는 배급사 사장의 딸년이었다.

자기가 좋아하는 남자 배우가 주인공이라는 소리를 듣고선 영화에 출연시켜 달라고 했다.

거기까지야 뭐.

단역 하나 만들어서 남자주인공과 이야기하는 게 어렵겠는가.

근데 이년이 계속 분량을 늘려 달라 했고, 나는 시나리오를 수정해야 했다.

여기까지도 괜찮았다.

하지만 그년은 여기서 멈추지 않았다. 자신이 원하면 작품에 영향을 끼칠 수 있다는 것을 깨달은 것이다.

그렇게 갑질이 시작되었다.

내 영화, '하루'의 장르는 느와르였다.

조폭과 검찰, 경찰, 그리고 정치권이 엮여 있는 남자 냄새 풀풀 나는 느와르.

하지만 그년은 자기가 따로 작가까지 고용해 내 시나리오를 고치기 시작했고 결국 제목만 같은 다른 영화가 되고 말았다.

나는 내 영화를 지키기 위해 별 지랄을 다 했다.

배급사 사장을 찾아가 빌고 애원하고 화까지 냈으며 투자자들을 찾아가 이대로 찍으면 무조건 망한다고 소리를 질러댔다.

"그럼 뭐 해, 씨발."

그들은 보잘것없는 커리어를 가진 삼류 감독의 작품보다는 대형 배급사와의 인맥을 중요시했다.

느와르적인 부분이 대폭 줄어들며 제작비도 같이 줄었으니, 그 정도 손해야 배급사 사장 놈에게 빚을 지워놓는 거라 생각한 것이다.

결국 내 작품, '하루'가 내게 남긴 것은 '하루'라는 제목과 감독 강찬 두 글자. 그리고 억 단위의 빚이었다.

사장 놈은 영화가 망한 게 제 딸년이 아닌 나 때문이라 생각했다. 그래서 내가 진 빚의 채권을 사들여 조폭에게 팔았다.

조폭들은 내가 쓴 계약서와는 다른 계약서를 들고 와 내 얼굴 앞에 들이밀었다.

한 달도 되지 않아 이자가 원금을 초월했고 종국에는 내가 가진 모든 것을 빼앗겼다.

"씹어 먹어도 시원찮을 것들."

이번에는 조금 다른 깊은 한숨을 내쉰 강찬은 담배를 끄고 포장마차로 돌아왔다.

"……어?"

방금 밖에서 보았던 여자가 어느새 포장마차 안에 앉아 있었다. 술도 안주도 없이.

분명 입구에는 내가 서 있었는데 언제 들어온 거지?

'취했구나.'

대수롭지 않게 고개를 흔들어 생각을 털어낸 강찬은 다시 술잔을 기울이기 시작했다.

한 잔, 두 잔 다시 술이 들어가기 시작하자 불현듯 떠오른 생각.

'죽을까.'

그의 삶은 끝난 거나 다름없었다. 평생을 일한다 해도 빚은 갚을 수 없고, 그렇다고 다른 일을 할 수 있는 것도 아니다.

하루하루 절망의 늪에서 허덕거리느니 차라리 죽는 게 낫지 않을까.

"후."

살아 있으면 볕 들 날이 오지 않을까. 하는 희망도 빛바랜 지 오래.

사람보다 못한 삶을 살아온 지난 3년은 그의 정신을 피폐하게 만들었고, 요 근래에는 죽음이라는 두 글자가 머릿속에서 떠나질 않았다.

"영화 찍고 싶다."

어디서 천사 같은 투자자가 자신의 전작들을 보고 다가와 투자금을 대준다면 몇억의 빚 따위는 한순간에 갚아버리고 재기에 성공할 자신이 있었다.

영화에 대해 생각하자 생기를 잃고 절망으로 가득 차 있던 그의 눈동자가 반짝였다.

'돈이 들어오면 바로 시작할 수 있지. 시나리오도 있고……

배우는 누구로 하지.'

'일단 주인공은 그렇게 셋으로…… 아, 그래. 저 여자 같은 느낌의 배우도 한 명 등장하면 그림이 살 텐데.'

배우를 생각하다 보니 절로 그 여자에게로 고개가 돌아갔다.

'일반인이겠지.'

아무런 말도, 행동도 없이 무언가를 응시하는 옆얼굴만으로도 사연이 있는 여자 같아 보이는 마스크.

'궁상이구먼.'

다시 한번 현실을 직시한 그는 술잔을 들이켜고는 크, 하고 숨을 몰아쉬었다. 하지만 한 번 잎을 틔운 상상은 끝날 기미가 보이지 않았다.

'저 여자를 메인으로 세워도 괜찮을 것 같은데.'

자꾸 시선이 가는 것까진 어쩔 수 없었다. 다시 눈을 마주 쳤을 때, 강찬은 얼른 고개를 틀었다.

처음 보는 사람을 괜히 힐끔거리면서 처다보는 건 술에 취했든 안 취했든 예의가 아니다.

한데, 그녀가 자리에서 일어나 그에게 다가왔다.

"안녕하세요?"

"아, 예."

강찬이 인사를 받자 그녀가 자연스럽게 자리에 앉았다.

그가 당황하는 것에는 관심이 없다는 듯, 다리를 꼰 그녀는 강찬과 눈을 맞추며 말했다.

"아까 절 보고 장면이 살았을 텐데, 하셨죠?"

무미건조하다 못해 차가운 말투에 강찬은 술이 깨는 것을 느꼈다. 설마 성추행 같은 거로 신고라도 하려고 그러나.

"아뇨. 아니, 예. 그렇긴 하죠. 제가 영화감독인데…… 여주인공 때문에 전작을 말아먹었거든요. 그런데 그쪽을 보는 순간, 당신이 여주인공이었으면 무조건 성공했을 거라는 생각이 들어서 말입니다."

여자는 아무런 표정 없이 고개를 끄덕였고 강찬은 한겨울에 식은땀이 흐르는 것을 느꼈다.

'무슨 사람이 이렇게 표정이 없어.'

말투도 그렇다. 무슨 기계가 말하듯 어조가 없는 느낌.

강찬의 입술이 말라가는 사이, 그녀가 말했다.

"어떤 영환데요?"

"……예?"

예상치 못한 물음에 당황했던 강찬은 의아한 얼굴로 그녀를 바라보았다. 그러자 그녀가 말을 이었다.

"무슨 영화인지 궁금해서요."

"아, 예."

자신의 작품에 대한 궁금증.

그간 잠들어 있던 그의 본능이 깨어났다. 3년 만에 느껴지는 묘한 흥분에 강찬의 말문이 트였다.

"일단 장르는 느와르인데요……."

그는 투자자를 대하듯 자신에 작품에 대해 설명하기 시작했고 종국에는 배급사 사장 딸년 때문에 영화가 망한 이야기까지 나오고 말았다.

그제야 정신을 차린 강찬은 고개를 휘휘 저으며 말했다.

"말이 너무 길어졌네요. 미안합니다."

"아뇨. 괜찮아요."

당최 표정이 없으니 진짜 괜찮은 건지 뭔지를 모르겠다.

코 밑을 슥슥 문지른 강찬은 다시 한번 그녀를 바라보았다.

'내가 뭔 짓을 한 거지.'

별다른 리액션도 없었다. 강찬이 이야기를 하면 그녀는 그냥 고개를 끄덕이는 것뿐인데 죽마고우를 만난 것처럼 말이 쏟아져 나왔다.

그러다 보니 감정이 격해져 별 얘기를 다 하게 된 거고.

속에 담아두었던 이야기를 풀어내고 나니 후련하긴 했지만 미안한 감정이 들었다.

"이야기 들어줘서 고맙습니다."

다시 한번 고개를 끄덕인 그녀가 말했다.

"다시 영화를 찍으실 건가요?"

"그러고야 싫죠."

수억의 빚이 있다는 이야기까지는 꺼내지 않았다.

지금 여기서 술을 먹고 있는 걸 그놈들이 알면 당장에라도 장기를 꺼내려 들지도 모른다는 것도.

대답과 함께 씁쓸한 미소를 지은 그는 술잔을 들이켰고 여성은 아무런 표정 없이 그를 바라볼 뿐이었다.

그때, 그녀의 입꼬리가 아주 조금 올라갔다.

분명 아름다운 얼굴이고 분위기 있는 모습이었지만 묘하게 차가운 느낌을 지울 수 없었다.

괜한 오한에 팔뚝을 문지른 강찬은 여자를 바라보며 말했다.

"아, 전 강찬이라고 합니다."

"예."

자신의 이름을 알려주기 싫다는 느낌보다는 그저 내 말에 대답을 했다는 느낌. 괜히 머쓱해진 강찬은 담배를 꺼내며 말했다.

"담배 좀 피우고 오겠습니다."

"그러세요."

밖으로 나온 강찬은 턱을 긁적였다.

'딸뻘 되는 여자한테 무슨 소리를 한 거야.'

어이가 없어 헛웃음이 나왔다.

핸드폰을 보니 어느새 새벽 2시. 내일 출근을 위해서라도 들어가야 할 시간이다. 만약 지각이라도 했다가는 무슨 곤욕을 치를지 모르니.

"에휴."

그가 담배를 버리려는 때, 헤드라이트를 끈 스타렉스 한 대가 스르륵 다가왔다. 불안한 느낌에 포장마차로 들어가려 뒤로 돈 순간.

"여, 강 감독."

익숙한, 하지만 더럽게 듣기 싫은 목소리가 그의 귓바퀴를 파고들었다.

"술 마실 돈은 있고, 우리 줄 돈은 없나 봐?"

강찬이 변명을 위해 뒤로 돌았을 때, 그의 눈에 보인 것은 사람, 혹은 스타렉스가 아닌 은색의 쇠파이프였다.

강찬은 반사적으로 움직여 쇠파이프를 피하려고 했지만 이미 상할 대로 상한 몸은 그의 의지대로 움직여 주지 않았다.

퍽!

아프다는 느낌을 받을, 혹은 억 소리를 낼 새도 없이 어깨가 움직이지 않았다. 어깨를 얻어맞은 강찬이 비틀거릴 때.

"한 방에 좀 가자."

사람을 대하는 것 같지 않은, 귀찮음이 가득한 눈동자가 강찬을 바라보았고 뒤이어 조폭의 손에 들린 쇠파이프가 그의 머리를 후려쳤다.

쩍!

반응할 새도 없이 쇠파이프가 그의 머리를 때렸고 동시에 눈앞이 새카매졌다.

수술실 못지않게 환하게 불이 밝혀진 지하실.

초록색 수술복을 입은 사내와 강찬을 납치한 사내가 대화를 나누고 있었다.

"내가 씨발 머리 때리지 말랬지? 눈 상하면 네 눈 뽑아버린다고."

"죄송합다."

"에이, 씨발."

퉤, 하고 바닥에 침을 뱉은 사내는 마스크를 올려 쓴 뒤 시선을 돌렸다. 그의 눈길이 닿은 곳에는 강찬이 있었다.

비닐로 덮인 수술대 위, 피투성이가 된 채로.

그것으로도 모자라 팔뚝에 꽂힌 바늘로 마취제가 투여되고 있는 상황. 강찬이 깨어날 가능성은 없어 보였다.

하지만 강찬은 모든 대화를 듣고 있었다.

손가락 하나 까딱할 수 없는 상태였지만 이상하게도 정신은 멀쩡했고 모든 것이 느껴졌다. 머리가 깨져 흐르는 피와 고통도, 저들의 대화도.

'이렇게 죽을 순 없어!'

죽고 싶다는 생각을 하긴 했지만 이런 식의 죽음은 아니었다. 차라리 자살을 하고 말지 맨정신으로 온몸이 난자당해 장기를 뽑힌 뒤 죽고 싶진 않았다.

'제발 살려줘, 제발! 돈 갚을게! 나 아직 일할 수 있어!'

하지만 강찬의 애원은 입 밖으로 나오지 못했다.

수술복을 입은 사내는 라텍스 장갑을 낀 뒤 강찬의 눈을 까뒤집었다. 그러곤 플래시를 비추며 몇 번 살피더니 말을 이었다.

"다음부터 조심해라."

"넵."

"다 중국 가고, 심장만 필리핀 간다고?"

"그렇습다."

마치 칼이 들어갈 각을 재듯, 누워 있는 강찬의 몸을 바라보던 수술복의 사내가 고개를 끄덕였다.

"각막부터 시작할 테니까 준비해 놔."

"넵."

조폭 사내가 지하실을 나가자 수술복의 사내가 메스를 들었다. 그리고 강찬의 눈을 향해 메스를 가져간 순간.

번쩍!

강찬의 눈이 뜨였다.

"썅!"

깜짝 놀란 수술복의 사내는 메스를 든 채 뒤로 물러났다. 하지만 그것도 잠시. 놀란 가슴을 진정시킨 사내는 강찬이 움직이지 못한다는 것을 깨달았다.

그러곤 천천히 다가와 마취제 투여량을 늘렸다.

"씨발, 놀랐네."

머리가 깨지고 치사량까지 마취제가 투여된 상태, 일반적인 사람이라면 눈을 뜨긴커녕 사경을 헤매겠지만, 가끔 이런 놈이 있다.

곧 강찬의 눈이 슬슬 감기기 시작했고 사내는 손에 든 메스를 이리저리 흔들며 그가 완전히 잠들길 기다렸다.

'아…… 안 돼.'

절망과 후회, 죽음의 공포와 이대로 눈을 감으면 어떻게 되는 것인지에 대한 궁금증과 함께 그가 살아온 인생이 머릿속을 지나가기 시작했다.

아버지의 죽음, 대학 진학의 실패, 방황, 첫 영화. 실패, 실패, 실패, 그리고 마지막 실패.

'제발……'

그 순간.

더 이상 지체할 시간이 없다고 판단한 사내가 메스를 든 채 그에게 다가왔다.

"뭐가 그리 억울해 눈도 못 감아. 돈을 못 갚으니까 이렇게 된 거고 돈을 빌린 건 네 잘못이잖아. 안 그래?"

사내는 강찬의 가슴에 메스를 댄 채 말을 이었다.

"원래는 눈부터 해야 하는데, 아저씨는 일단 여기부터 해야 겠네. 그러게 누가 정신 차리래? 이것도 아저씨가 자초한 거지. 그럼 좀 따끔할 거야. 꾹 참아."

말을 마친 사내는 마스크를 올려 쓴 뒤 그의 배에 메스를 찔러넣었다.

그 순간.

시간이 느려지기라도 한 듯 사내의 손이 천천히 움직였다. 그리고 그의 메스가 강찬의 배를 가르기 직전.

손이 완전히 멈추었다.

'뭐…… 뭐야.'

마치 시간이 멈춘 것 같았다.

아니, 멈추었다.

사내는 그의 배에 칼을 댄 채 숨을 쉬지도, 눈을 깜빡이지도 않고 있었다.

무언가 이상함을 느낀 강찬이 눈을 돌리려는 순간.

또각또각하는 하이힐의 굽 소리와 함께.

그녀가 내 눈앞에 나타났다.

"어때요?"

검은 정장, 흰 피부, 붉은 입술.

아까 보았던 모습 그대로 그녀가 나에게 말을 걸어왔다.

"무슨……."

여전히 손끝 하나 움직일 수 없었으나 말은 나왔다. 그것에 놀라기도 전, 그녀가 말을 이었다.

"이게 당신의 미래예요. 돈을 갚지 못해 죽죠."

도대체 뭐가 어떻게 된 거지.

진짜 시간이 멈춘 건가?

저 여자는 뭐지?

천사? 악마? 신?

"그런 건 중요하지 않아요. 제가 당신에게 무엇을 해줄 수 있는지, 그리고 당신이 제가 준 것에 대한 대가를 치를 수 있는지가 중요하죠."

그녀는 마치 나의 생각을 읽기라도 한 듯, 말을 이었다.

"기회, 아까도 생각했죠? 투자자가 있다면, 당신의 미래, 그리고 인생을 바꿀 수 있을 거라고."

분명히 그랬다.

그녀의 말대로 생각, 아니, 망상일 뿐이었지만.

나에게 기회가 찾아온다면, 이번에는 반드시 해낼 자신이 있었다.

"제가 그 투자자고, 이게 제가 드리는 기회예요."

"왜 나를……."

"당신이라면 내 욕망을 채울 수 있을 테니까요."

인간을 초월한 무언가가 시간을 멈추고 내 눈앞에 나타났다. 그리고 나에게 기회를 준다니. 영화 속에나 나올 법한 비현실적인 상황이지만 하나는 확실했다.

"어떤 기회입니까?"

"모든 것을 새로 시작할 수 있는 기회죠."

"그럼 대가는?"

"대가가 크다면, 여기서 죽을 건가요?"

아니다.

무슨 대가를 치러서라도 잡아야 하는 기회다. 저 여자는 인간을 초월한 존재. 그런 이가 나에게 기회를 준다?

빚을 갚을 기회나 지금의 생활을 청산할 정도의 기회가 아닐 터. 분명 인생 자체를 뒤집을 수 있는 천재일우의 기회일 것이 분명했다.

"정확한 판단이에요. 당신의 생각대로 모든 것을 뒤집을 기회죠. 그에 비하면 제가 바라는 대가는 조촐해요."

생각을 읽혀도 기분이 나쁘지 않다.

저 여자가 악마라 나의 영혼을 가져간다 하더라도.

나는 이 기회를 잡아야만 한다.

나를 이 구렁텅이에 처박은 사장과 딸년에게 복수를 위해서라도, 내 눈을 파내려는 저 돌팔이 새끼의 눈을 뽑아버리기 위해서라도.

"결정은 당신의 몫입니다."

말을 마친 그녀는 내게 손바닥을 내밀었고, 그 순간.

나는 움직일 수 있었다.

돌팔이 놈의 메스는 내 몸에서 밀려났고 나를 구속하고 있던 줄들 또한 저절로 풀렸다.

어떻게 된 일인지, 어떻게 돌아가고 있는 상황인지는 알 수 없다. 하지만 한 가지는 확실하다.

"하겠습니다. 그 기회 잡겠습니다."

이것이 내 인생에 찾아온 마지막 기회라는 것.

나는 손을 내밀어 그녀의 손을 쥐었고, 그 순간 새하얀 불빛이 내 망막을 가득 메웠다.

◀ **1장** ▶

투자를 받다

머리가 깨질 듯 아프다.

'도대체 얼마나 마신 거야.'

기억도 나지 않는 어제의 나를 저주하며 머리를 부여잡았으나 숙취는 가실 생각을 하지 않았다.

"끄으……."

간신히 눈을 뜨고 몸을 일으키려는 때, 내 방의 문이 열렸다.

"찬아! 이놈아! 일어나! 학교…… 어머, 일어났네? 일어났으면 얼른 와서 밥 먹어라."

"……엄마?"

"그럼 내가 네 엄마지, 대호 엄마겠니?"

구수한 말투와 함께 물을 건넨 어머니는 그대로 방을 나섰고, 그녀가 나간 자리 뒤로 얼큰한 김치찌개 향이 빈자리를 메웠다.

"……진짜 잠이 덜 깼나?"

어머니가 췌장암으로 돌아가신 지 10년.

귀신이라도 본 건가 싶어 주변을 둘러보던 강찬은 집 또한 자신이 3년간 살아온 판잣집이 아닌 어머니와 함께 살던 그 집임을 깨달았다.

"뭐야, 이게."

버릇처럼 머리를 쓸어 넘긴 순간, 그의 더벅머리 또한 짧게 밀려 있음을 깨달았다. 강찬은 정신을 찾기 위해 어머니가 주고 간 찬물을 들이켰다.

그 순간, 두통이 가시며 어제의 기억이 떠올랐다.

포장마차, 여자. 그리고 새로 시작할 수 있는 기회.

"맙소사."

꿈이 아니었나. 그게 진짜란 말인가.

강찬은 벌떡 일어서서 방문을 열고 나가 화장실로 향했다. 그리고 거울 속에 있는 자신의 얼굴을 보았다.

거기에는 삼류 감독이었다가 빚쟁이가 되어 죽을 운명이었던 강찬이 아닌, 어린 시절의 강찬이 자신을 바라보고 있었다.

"세상에."

볼이 새빨개질 때까지 꼬집어보고 찬물로 세수를 하고 눈을 감았다가 떠도 꿈은 깨지 않았다.

대신 이것이 현실이라는 감각이 더욱더 그의 정신 깊숙한 곳에 자리 잡기 시작했다.

진짜다.

이건 현실이다.

내가 과거로 돌아온 것이다.

어머니가 살아계시던 때로.

어릴 때의 나로.

무엇이든 할 수 있을 것만 같던 그때로.

미래의 기억을 지닌 채로!

그대로 다리에 힘이 풀린 강찬이 화장실 바닥에 쓰러졌고 우당탕거리는 소리에 국자를 든 그의 어머니가 달려왔다.

"찬아!"

눈물을 흘리고 있는 강찬을 본 어머니는 그를 끌어안았다.

"왜 그래? 어디 아파?"

강찬은 고개를 저으며 어머니의 얼굴을 바라보았다. 그의 어머니는 강찬의 눈물을 닦아주며 물었다.

"아들, 왜 그래? 병원 갈까?"

"아냐. 엄마. 그냥 너무 무서운 꿈을 꿔서 그래. 지금 우리…… 현실 맞지? 이거 꿈 아니지?"

"그럼. 진짜지. 여기 엄마 손. 느껴지지? 진짜야."

강찬은 어머니를 끌어안은 채 하염없이 울었다. 그의 어머니는 아무런 말 없이 강찬의 등을 두드려 주며 아들의 울음이 그치길 기다려 주었다.

두 눈이 퉁퉁 부은 어머니를 간신히 출근시킨 강찬은 오늘 하루 학교를 쉬기로 했다. 어머니 또한 적잖은 충격을 받은 것인지 별다른 말 없이 수긍을 해주셨다.

시간을 얻은 그는 집 안을 둘러보기 시작했다.

17평짜리 임대 아파트.

방 하나와 주방과 연결된 거실이 전부인 단출한 집이지만 아버지의 보험금, 그리고 어머니가 평생 모아온 돈으로 마련한 소중한 집이었다.

그리고 강찬의 어린 시절이 고스란히 담겨 있는 공간이기도 했다.

"좋네."

좋기만 할까.

그 여자가 말한 '대가'가 무엇일지는 몰라도 지금 이 순간 기쁨의 대가라면야 영혼을 가져간다 하더라도 충분히 내줄 수 있다.

긴 숨을 몰아쉰 강찬은 자신의 방으로 돌아가 책상에 앉았다.

바로 어제 이 책상에 앉아 공부했던 것처럼 열아홉 강찬의 기억은 뚜렷했다.

볼펜을 어디에 두었는지, 학교에서 자신의 자리는 어디인지, 친구들의 이름과 생김새는 어떤지. 바로 어제까지만 해도 기억할 수 없었던 것들이 생생히 기억났다.

게다가 마흔하나까지 살았던 자신의 삶 또한 선명히 떠올랐다.

"그래. 이건 꿈이 아니다."

그녀의 말대로 새로운 기회를 얻은 것이다. 실패로 점철되어 있던 저번 삶과는 180도 다른 삶을 살 수 있는 기회.

빈 노트 하나를 꺼낸 강찬은 차분히 현재의 상황을 정리하며 써 내려갔다.

'일단 나이.'

지금은 2005년 4월.

열아홉이라는 나이보다 고3이라 불리는 시기였다.

대한민국 영화사상 3번째로 천만을 돌파한 영화, '왕의 남자'가 개봉하는 년도이자 해리포터 시리즈의 4번째 작품 불의 잔이 개봉하는 해이기도 하다.

참고로 첫 천만 작품은 2003년에 개봉한 '실미도'였다.

"아주 좋아."

저번 삶, 그는 대학을 가지 못했다.

어려운 가정환경 탓도 있었지만, 무엇보다 그는 대학을 가지 않더라도 성공할 수 있다는 자신감이 있었다.

하지만 현실은 냉담했다.

대한민국이라면 어디든 인맥이 중요하지만, 영화판은 더욱 심했다.

배우를 캐스팅하거나 조감독 같은 스태프를 고용하는 것, 하다못해 촬영지 로케이션까지도 인맥으로 돌아갔으니.

그리고 어린 시절부터 착실히 인맥을 쌓아갈 수 있는 장소는 대학뿐.

냉담한 사회의 현실을 알게 되었을 때는 대학을 가긴 너무 늦은 나이기도 했거니와 가기 위해 노력을 할 수 있는 환경도 아니었다.

"1순위는 대학이다."

자신이 공부를 할 머리가 없다는 것 정도는 알고 있다.

하지만 영화를 만드는 감각 하나만은 자부할 수 있다.

"분명 미래대학교에 특별 전형이 있었지."

미래대학교.

대한민국 최대의 예술계 대학교였다.

보컬과 밴드, 아이돌 같은 엔터테인먼트 분야부터 연극영화, 그리고 제작까지. 모든 것의 집합체인 곳이 바로 미래대학교다.

대한민국의 연예계에서 잘나간다 하는 이들 중 절반은 미래대를 나왔다.

즉, 미래대를 졸업하는 것만으로도 그들과의 연결고리가 생긴다는 것이다.

대한민국은 인맥 사회. 동등한 조건의 대학 후배와 생판 남이 있다면 대학 후배를 고르는 것이 당연한 이치다.

그렇기에 미래대학교가 강찬의 첫 목표였다.

"그러기 위해선 영화를 만들어야지."

모두가 인정할 만한 단편영화 하나를 만들어 인정을 받는다. 그리고 그 작품을 통해 대학에 들어가는 것이다.

"쉽진 않겠다만."

영화를 만들 때 가장 필요한 것은 배우도, 감독도 아닌 돈이다.

지금은 스마트폰이 흔히 보급된 시기도 아니거니와 디지털 촬영 장비는 살 엄두도 내기 힘들 만큼 비쌌다.

하지만 강찬에게는 비장의 무기가 있었다.

"학교."

강찬의 학교는 동아리 제도를 활발히 운영했는데, 그중에는 영화부가 있었다. 이때부터 영화에 관심이 있던 강찬은 3년 동안 영화부에서 활동했고, 어느 정도 입지를 쌓아둔 상태였다.

영화라 부르기도 부끄러운 3~5분짜리 단편영화라도 몇 번 만들어본 멤버들이 있으니 자신의 지식을 이용해 이들을 굴린다면.

"단편영화 정도야 충분해."

집에 있는 컴퓨터로 편집 프로그램을 돌릴 수 있을지 의문이긴 했지만, 그 정도야 시련 축에도 끼지 못한다.

오히려 감독과 제작, 촬영과 편집, 의상과 로케이션까지 전부 혼자서 해야 한다는 게 더 큰 문제다.

하지만 할 수 있다.

그에게는 신인 감독은 가질 수 없는 십수 년의 경험이 있었으니까.

홀로 영화를 만들어본 적도 여러 번 있었고 만들다 엎어진 경험도 수두룩했다.

"문제는 수시 기간인데."

특별 전형으로 가기 위해서는 수시를 넣어야 하며 수시 신청은 9월 초다.

즉, 5개월 안에 미래대학에서 그를 탐낼 만한 성과를 내야 한다는 소리.

"가장 간단한 방법은."

영화제에서 수상하는 것이다. 이름이 있는 영화제라면 더 좋다.

몇 가지 생각나는 게 있긴 했지만 확실하지 않은 상황. 강찬은 들고 있던 펜을 내려놓고 발가락으로 컴퓨터의 전원을 넣었다.

그렇게 인터넷을 검색하던 강찬은 잠시 후, 두 개의 영화제를 후보에 올렸다.

"청소년 영화제, 그리고 미래 단편영화제라."

청소년 영화제란 말 그대로 대학생 미만의 학생들이 참가하는 단편영화제다.

그리고.

"주최 측이 미래대학교인 단편영화제……"

청소년 영화제에 출품한다면 어렵지 않게 수상할 수 있을 것이었다. 대학을 가는 데 있어서 상당한 가산점을 받을 수 있을 것이고.

하지만 미래대학교에서 주최하는 단편영화제에서 상을 받는다면?

"시험이고 뭐고 한 방에 입학할 수 있겠지."

문제는 청소년 대상이 아니라는 것.

'데뷔하지 않은 신인 감독'만 출품이 가능했다.

그 말은 나이의 제한이 없다는 것이고 경쟁률이 훨씬 더 높을 것이 분명했다.

할 수 있을까, 하는 고민이 드는 것도 잠시. 강찬은 미소를 지었다.

"할 수 있어."

망하긴 했지만, 그는 여러 장르의 영화를 찍어보았으며 현장에서의 경험도 두루 있었다. 쓰다 버린 시놉시스만 하더라도 1톤 트럭은 나올 터.

게다가 마지막 작품, '하루'의 시나리오는 모든 이가 극찬했던 작품이다.

그 망할 년이 끼어들기 전까지만 하더라도.

"아니, 무조건 한다."

자기 자신에게 암시를 걸듯 몇 번 고개를 주억거린 강찬은 결정을 내린 듯 눈을 빛냈다.

"8월 10일까지 출품…… 발표는 9월 10일이라."

수시 신청을 찾아보니 9월 12일.

수시 기간과 맞물리는 것이 결코 우연은 아닐 것이다. 영화제에서 수상한 이들을 눈여겨보다가 마음에 드는 이들을 뽑아 가겠다는 말이나 다름없다.

"좋아."

이제 남은 것은 영화를 만드는 일.

그 시작은 시나리오를 쓰는 것이었다.

원래대로라면 일차적으로 제작사, 혹은 배급사에게 컨택을 받을 수 있는 시나리오를 써야 한다. 하지만 배급사나 제작사가 없기에 패스.

두 번째는 타깃.

본래대로라면 장르를 먼저 정하겠지만 이번에는 상황이 다르다. 확실히 어필해야 하는 대상이 있는 것이다.

"타깃은 심사위원이고."

그들이 신인 감독에게 원하는 것은 노련미나 완성된 영화가 아니다.

앞으로의 가능성, 그리고 기발한 창의성이다.

그가 가진 것은 경험.

반짝거리는 창의성이 없더라도 그렇게 보이게끔 꾸밀 수 있는 경험이 있는 것이다.

영화감독이라기보다는 흉계를 꾸미는 악당 같은 미소를 지은 그는 머릿속을 가득 메우는 수많은 글자 중 서두로 적합한 단어를 정해 노트에 써 내려가기 시작했다.

강찬이 길게 기지개를 켜며 기성을 질렀다.

"으어어어."

시나리오를 쓰기 시작한 게 오전 11시.

중간에 어머니가 돌아와 저녁 식사를 먹으며 한 시간 쉰 것 빼고 13시간 동안 시나리오만 써 내려갔다.

아직 담배와 술을 배우지 않은 몸이라 그런지 집중력의 정도가 남달랐고, 그 결과 12시간 동안 4만 자가 넘는 시나리오를 써낼 수 있었다.

"이대로 소설로 내도 잘 팔릴 거 같은데?"

초고를 보며 헛된 망상을 하던 강찬은 실없는 웃음을 흘리며 모니터를 바라보았다.

"좋아."

시나리오는 수정되게 마련.

시사회의 반응이 좋지 않은 경우, 개봉일을 미뤄가면서까지 시나리오를 수정하는 경우도 있다.

버려야 할 부분은 버리고 더할 부분은 더하다 보면 초고는 형태도 찾기 힘든 경우가 다반사.

'오늘은 여기까지.'

저장 후 컴퓨터를 끈 강찬은 이불을 펴고 바닥에 누웠다.

장시간 앉아 있다 보니 허리가 쑤셔왔지만 40대의 몸에 비하면 이건 애교나 다름없었다. 편한 자세를 찾으며 몸을 뒤척이던 강찬의 머릿속에 그녀의 얼굴이 떠올랐다.

"대가라……."

그녀는 분명 강찬이 자신의 욕망을 채워줄 수 있을 것이라 말했다.

욕망이라면 천사보다는 악마 쪽에 가까운 건가?

"악마의 욕망이 뭘까? 영혼? 돈? 아니면⋯⋯."

그가 입 밖으로 말을 뱉은 순간.

그의 귓가로 목소리가 들려왔으며, 동시에 눈앞에 메시지가 떠올랐다.

[10,000,000,000명이 돈(욕망)을 지불하고 당신의 영화를 보게 만드세요.]

[관객의 수는 누적됩니다.]

[실패한다면 당신이 얻은 모든 기회가 박탈될 것입니다.]

[현재 욕망을 지불한 사람의 수: 0]

[남은 기한: 22년 8개월 17일]

손가락을 꼽아가며 0의 개수를 세어본 강찬이 떨리는 목소리로 말했다.

"⋯⋯백억 명?"

고등학교의 수업 시간.

나른한 봄 날씨와 4교시 역사 수업이 겹치자 아무리 고3들이라 하더라도 수마의 늪에서 헤어 나오긴 힘든 상황.

하지만 강찬은 눈을 부릅뜬 채 펜을 부여잡고 있었다.

그의 노트에 적힌 것은 22년, 그리고 100억이라는 숫자뿐, 당연하게도 역사 공부를 하는 것은 아니었다.

'백억 명이라……'

감독에게는 꿈이라고 불리는 천만 작품. 그런 작품을 1,000개를 만들어야 달성할 수 있는 수치다.

영화 한 편을 찍는 데 짧게 잡아 1년이 걸린다 하더라도 1,000년이 걸리는 작업.

'말이 돼?'

그걸 22년 안에 해내야 한다. 그리고 22년은 또 뭐란 말인가. 10년이면 10년이고 20년이면 20년이지.

'왜 하필 22년일까. 보자…… 22년 뒤에는 내가 마흔하나.'

잠깐.

마흔하나?

거기에 8개월 17일.

강찬은 노트에 적어가며 날짜를 계산했고, 곧 헛숨을 들이쉬었다.

'……맙소사.'

22년 8개월 17일 후는 열아홉으로 돌아오기 전의 강찬이 사망한 날짜다.

순간 소름이 돋은 그는 팔뚝을 문지르며 어젯밤에 보았던 메시지를 회상했다.

실패한다면 당신이 얻은 모든 기회가 박탈될 것입니다.

'기회 박탈이라면……'

강찬에게 주어진 기회는 과거로 돌아온 것.

즉, 목표를 달성하지 못한다면 장기를 뜯기 위해 메스를 든 그 미친놈의 얼굴을 다시 보게 된다는 소리나 다름없었다.

"후."

짧게 한숨을 쉬는 순간, 수업종이 울리고 교실 안이 와자지껄해졌다.

짝 소리 나게 자신의 뺨을 때린 강찬이 말했다.

"할 수 있다."

22년 하고도 8개월.

못 할 것 없다.

나에게는 이 나이 때 누구도 갖지 못한 경험이 있으며 모자란 것을 채워 나갈 시간이 있었다.

그가 잡념을 털어낼 무렵, 익숙한 목소리가 그의 옆으로 다가왔다.

"야, 밥 먹으러…… 뭐 하냐?"

어느새 다가온 그의 오랜 친구, 서대호가 눈을 휘둥그레 뜨고선 말을 걸어왔다.

굵은 목과 떡 벌어진 어깨, 고등학생이라기보다는 전국 체전에 나갈 유도선수같이 생긴 서대호. 그는 강찬의 손 아래 놓인 노트를 쓱 빼 들어보더니 말을 이었다.

"어제 아파서 학교 안 나오더니, 정신병이었냐?"

그의 농담에 강찬은 헛웃음을 흘리며 답했다. 안 그래도 서대호를 찾아갈 생각이었는데 직접 찾아와 주니 수고를 덜었다.

"밥이나 먹으러 가자."

서대호와 강찬은 식판을 들고 급식실 빈자리에 앉았다. 생긴 것만큼 많은 양을 담아 온 서대호는 앉자마자 입에 밥을 욱여넣으며 말했다.

"오늘따라 분위기가 묘하다?"

"생각할 게 있어서."

"생각?"

밥이라면 사족을 못 쓰는 서대호가 숟가락까지 놓으며 심각한 표정을 지었다.

"너도 그런 걸 해?"

"세상에 모든 사람이 너처럼 생각 없이 살 거라는 생각은 버려라."

"푸흐흐."

신랄한 어조에 밥풀까지 흘려가며 웃음을 흘린 서대호는 그럼 그렇지, 하는 표정을 지으며 다시 숟가락을 들었다.

며칠 굶은 머슴처럼 밥을 들이마신 서대호는 모자란 듯 강찬의 식판에 남아 있는 소시지를 보며 말했다.

"뭔 일 있는 건 아니고?"

생긴 건 곰 같은 놈이 분위기 읽는 거 하나는 여우다.

국을 뜨던 숟가락을 내려놓은 강찬이 그를 바라보며 말했다.

"대호야."

"뭔데 징그럽게 이름을 부르고 그래."

"너 대학 갈 생각 있냐?"

서대호는 당연한 질문을 하냐는 듯, 눈을 둥그렇게 떴다가 이내 고개를 끄덕이며 답했다.

"하긴 굳이 안 가도 되지. 간다 해도 어디로 가야 할지도 모르겠고."

서대호의 아버지는 작지만 튼실한 공장 하나를 운영하고 있었으며 그의 어머니는 시내의 꽤 큰 고깃집의 사장이었다.

굳이 대학을 가지 않더라도 두 가게 중 하나를 물려받기만 해도 되는 상황.

과거에도 그랬다.

꿈을 좇는 강찬과 달리 서대호는 안정을 추구했으며 그 결과 자신과 맞지 않는 대학을 억지로 졸업한 후 결국에 아버지의 공장을 물려받았다.

겉으로는 행복해 보이는 삶이었으나 서대호는 항상 '그때 너 따라 내가 하고 싶은 걸 하면서 살 걸 그랬어. 그랬으면 인생이 내 인생 같았을 텐데.'라는 말을 입에 달고 살았다.

이유인즉슨 자신의 삶이 아니라는 것이었다.

서대호는 자신의 삶을 '농부가 일궈놓은 밭을 가는 소'에 비유했다.

그래서일까.

그는 공장의 사장이 되고서도 영화를 보는 것을 즐겼으며 거기서 멈추지 않고 자신만의 특기를 살려 '공장장의 영화 공장'이라는 영화 비평 사이트를 운영했었다.

그의 장점은 덩치에 어울리지 않는 섬세함과 기억력.

사소한 복선 하나까지도 놓치지 않고 기억하는 그의 날카로운 관찰력은 영화 촬영 현장의 스크립터(Scripter)를 방불케 했다.

스크립터는 촬영 장면을 그대로 유지해 주는 이.

간단히 말해, 전 장면에 물 잔이 가득 차 있었는데 이번 장면에 비었다면, 그것을 캐치해 물 잔을 채워주는 역할을 하는 스태프다.

그의 특기가 그대로 녹아난 비평은 꽤 유명세를 탔고 강찬 또한 그의 비평을 즐겨 읽었다.

강찬은 서대호와 만날 때면 항상 자신과 다른 시선에서 영화를 보는 것에 감탄하며 그와 이야기를 나누는 것을 즐겼었다.

그랬기에 서대호를 영입하려는 것이었다.

저 능력을 공장장이 아닌, 조감독으로서 꽃피울 수 있다면, 그리고 강찬과 함께한다면 얼마나 큰 시너지 효과가 날지 상상도 할 수 없었기 때문이다.

"너 영화 좋아하지?"

"그렇지."

"개중에서도 촬영이나 감독보다는 연출이나 배경, 세트 만들고 이런 게 더 좋고?"

"그렇지."

"그럼 너 AD 한번 해볼래?"

"그게 뭔데?"

AD(Assistant Director), 한국말로는 조감독.

감독을 돕는 연출부의 우두머리로서 감독 뒤로 가장 중요한 직책을 말하며 촬영 일정 작성과 관리부터 예산과 답사까지 수많은 세세한 업무를 담당한다. 간단히 설명하자면 감독이 작품에 집중할 수 있도록 현장을 총괄하는 역할이다.

강찬의 설명을 들은 서대호는 천천히 고개를 끄덕이다 물었다.

"감독이 다 하는 거 아니었어?"

"감독이 있으면 바로 아래 조감독이 있고 그 아래로 촬영, 조명, 소품 등 수많은 스태프가 감독을 도와. 감독은 말 그대로 영화 전체를 감독하는 역할이고."

"조감독은 영화 촬영 현장을 총괄하는 거고?"

"그렇지."

이제야 말이 통하는 느낌에 강찬의 얼굴에 미소가 번지는 것도 잠시. 이어진 서대호의 물음에 그의 미간에 골이 졌다.

"우린 총괄할 현장이 없는데?"

"너 밥 처먹을 때 뭐부터 해?"

"……숟가락을 든다?"

원하던 대답은 아니었지만, 맥락이야 잡았으니.

"그래. 뭐든 시작이 있지? 그러니까 그 시작부터 해보자고. 넌 조감독, 난 영화감독. 꿈을 위해 한 걸음부터. 오케이?"

"오케이. 근데 조감독은 총괄이라며? 그런 걸 해도 되는 거야?"

이 새끼가 특히나 이해를 못 하는 건지, 아니면 이 나이대 아이들이 다 이런 건지.

짧은 한숨을 토한 강찬이 설명을 이었다.

"네가 집을 만든다 쳐."

"갑자기 왜?"

"닥치고."

"그래. 그렇다 치고."

"근데 네 마음대로 만들고 싶단 말이야? 막 마당에 연못도 있고 나무도 심고. 굴뚝도 만들고"

"그런데?"

"그러려면 네가 현장에서 제일 높은 사람이어야겠지?"

그제야 이해가 되는지 아, 하고 탄성을 흘린 서대호가 말했다.

"그러니까 조감독이 되어서 내 좆대로 해라?"

"……그래."

표현이 저질이든 뭐든 간에 어쨌거나 이해했다는 게 중요하다. 서대호는 이제야 흥미가 돋기 시작하는지 눈을 빛내며 물어왔다.

"호. 그럼 너는?"

"나는 당연히 감독이지."

"시나리오도 네가 쓰고?"

"그렇지."

서대호는 굉장히 마음에 들었다는 듯 팔짱을 낀 뒤 크게 콧김을 뿜었다.

자신의 기억 속, 마흔 줄이 다 되어가던 서대호와 비교해도 별다를 것 없는 한결같은 모습. 강찬의 얼굴에 절로 미소가 번졌다.

서대호는 분명 믿을 수 있었다. 항상 속과 겉이 같았으며 강단이 있어 누구나 좋아하는 이.

게다가 항상 웃는 낯으로 주변 사람들의 기분까지 좋아지게 하는 능력까지 있었다.

'달라지진 않겠지.'

서대호의 타고난 성격이 변하진 않을 것이다.

하지만 지금 이 대화로 인하여 그의 인생은 송두리째 변할 것이다.

아버지의 밭을 가는 소가 아닌, 자신의 삶, 즉 조감독으로서의 삶을 살아가게 될 것이고 그로 인해 많은 것이 변할 것이다.

"그럼……."

서대호는 답지 않게 말꼬리를 흘리며 젓가락을 들었다. 그러곤 강찬이 먹다 남긴 소시지를 젓가락으로 콕콕 찍어 자신의 입으로 욱여넣으며 말했다.

"한번 해보자."

방과 후, 야간자율학습 시간.

영화부 동아리실로 향한 강찬은 함께 온 서대호에게 시나리오를 건넸다.

서대호는 진지한 표정으로 시나리오를 읽어 내려가기 시작했고 20분이 걸리지 않아 마지막 장을 넘겼다.

마지막 장을 넘긴 서대호는 여운을 느끼듯 마지막 장을 다시 펴 읽어보고선 천천히 고개를 끄덕였다.

"……이게 네가 쓴 시나리오라고?"

"응."

"내가 영화부에 있으면서 지금까지 본 시나리오 중에 최곤데. 영화부 3년 동안 있으면서 선배들이나 다른 사람들이 쓴 거 수도 없이 봤는데 이게 제일 나아. 진짜 대박이다."

서대호는 적잖이 감동을 받았는지 말을 이었다.

"네가 전에 썼던 것들보다도 훨씬 나아. 다른 사람, 아니, 입봉한 감독들 수준은 되는 거 같은데."

20년 넘게 영화판에 구르다 온 놈이 쓴 건데 전문적으로 배운 적도 없는 고등학생의 눈도 만족시키지 못하면 쓰나.

"일단 내 목표는 그걸로 단편영화 찍어서 미래 영화제에 출품하는 것. 그리고 거기서 상을 받아서 미래대학 영상학과에 입학하는 거야."

"된다. 이건 무조건 된다."

"이제 시나리오 썼다, 인마."

"시작이 반이라잖아. 근데 시작이 완전 대박이면 반은 이미 대박 난 거 아니냐?"

들뜬 서대호가 아무 말이나 지껄여 댔고 강찬은 헛웃음을 흘렸다.

'헛소리 같은데 묘하게 설득력이 있단 말이지.'

"어쨌거나 어때?"

"완벽한데?"

"그래, 누가 썼는데 완벽하겠지. 그런 거 말고 디테일적으로."

아무리 프로 감독이라도 자신의 작품을 객관적으로 판단하기는 힘들다.

앞으로 진행될 사건과 결말을 모두 알고 있는 상황. 게다가 쓰면서도 수십 수백 번을 고치기에 머릿속에 각인되어 버려 제대로 판단할 수 없기 때문이다.

"음…… 엑스트라야 그렇다 치고 주연이 아저씨 하나, 고교생 둘인데 배우를 구할 수 있겠어?"

역시 시선이 다르다.

자신은 작품의 내적인 것을 걱정한다면 이놈은 외적인 것을 먼저 생각한다. 물론 지금 상황에야 어울리지 않는 대답이다마는.

"그거야 발로 뛰어야 하는 거고."

단편영화를 만드는 데 들어가는 비용은 적으면 300, 많으면 천까지도 들어간다.

대부분은 인건비와 장비를 빌리는 비용. 그 부분을 최소화할 수 있다면 제작비를 절반 이하로 낮출 수 있을 것이다.

"어쨌거나 돈은 필요한데 우리는 없잖아."

"그렇지."

아무리 줄인다 하더라도 최소한의 비용까지는 어찌할 수는 없다. 그에 대한 방법을 생각하고 있긴 했지만 뾰족한 수는 없는 상황.

서대호는 코끝을 쓱쓱 문지르더니 말했다.

"난 이거 무조건 영화로 만들고 싶거든. 그런데 우리는 돈이 없잖아. 어찌어찌 아껴가며 만든다 해도 돈을 쓸 때보다 퀄리티가 떨어지는 건 어쩔 수 없는 거고."

맞는 말이었기에 강찬은 고개를 끄덕였다.

모자란 부분을 그의 실력으로 커버할 수 있기야 하겠지만 그건 말 그대로 커버. 없는 것을 있어 보이게 만들 뿐이지 없는 것을 채울 순 없다.

"내가 한번 해볼게."

"뭘?"

"돈. 한번 구해본다고."

"어떻게?"

"우리 아버지. 영화광이시잖아. 방황하던 아들내미가 정신 차리고 영화 한번 찍어본다 하시면 어떻게 되지 않겠냐?"

강찬 또한 생각을 해보았던 방법이지만 먼저 말을 꺼낼 순 없었다. 하지만 서대호가 말을 꺼낸 상황.

강찬이 그에게 몸을 기울이며 말했다.

"그럼 어차피 로케 따러 공장 한 번 가야 하니까 그때 말씀 드려 보자. 일단 네가 언질만 좀 드려줘."

미리 준비해 두기라도 한 듯 나오는 계획에 서대호의 눈이 둥그레졌다가 이내 고개를 끄덕였다.

돈 얘기가 끝나자 강찬이 서대호에게 물었다.

"외적인 거 말고 시나리오 내적으로는 어때?"

"잠깐만."

서대호는 다시 시나리오를 읽기 시작했고 강찬은 그의 손에 들린 '우리들'의 시나리오를 바라보았다.

우리들.

영화 '우리들'은 세 명의 인물이 등장한다.

정년퇴직을 앞두고 홀로 고3 쌍둥이를 키우고 있는 아버지.

공부뿐만 아니라 모든 것을 잘하며 아버지를 이해하려 노력하는 쌍둥이 누나.

누나에 대한 열등감으로 방황하며 가족에 대한 반항심이 가득한 쌍둥이 남동생.

가족이라는 굴레 아래 각자의 사정을 가지고 살아가는, 한집에서 먹고 자지만 서로를 이해하지 못하고, 또 이해하지만, 이해하기 싫어하는 가족의 이야기를 그린 영화다.

어찌 보면 식상하다는 말이 나올 정도로 우려먹은 사골 주제지만.

'감독이 고등학생, 아니, 나라는 게 중요하지.'

마흔이 넘는 삶을 살아온 그이기에 어른의 감정을 더욱더 자세히 표현할 수 있으며, 지금 열아홉의 삶을 살고 있기에 아이의 마음 또한 표현할 수 있다.

'이건 먹힌다.'

누구나 꺼내 들 수 있는 소재지만, 그렇기에 더욱 소화하기 힘든 주제다.

하지만 강찬은 자신이 있었다.

식상한 소재 안에 창의력이라는 MSG를 칠 자신이 있었으며 적당히 세련된 화면과 적절한 음악과 조명의 사용으로 관객들의 눈물을 뽑아낼 수 있는 방법도 안다.

게다가 가장 중요한 것, 그것들을 전부 버무릴 수 있는 감독으로서의 능력을 가지고 있었다.

강찬의 생각이 끝나갈 무렵.

시나리오를 뜯어 먹을 기세로 읽던 서대호가 노트를 덮으며 말했다.

"없어. 완벽해."

그의 말에 강찬이 씩, 미소를 지으며 답했다.

"역시 그렇지?"

촬영 시작 전, 가장 중요한 것은 촬영 계획표를 만드는 것이다.

어디서 어떤 장면을 찍을지, 배우에게 어떤 옷을 입힐 것이며 조명의 개수와 카메라 워크는 어떻게 할 것인가까지.

세세한 부분은 최소화하고 큰 줄기만 잡는 데 사흘이라는 시간이 걸렸고 사이사이 시나리오의 퇴고도 빼먹지 않았다.

그렇게 열아홉으로 맞는 첫 주말이 왔다.

서대호의 아버지가 운영하는 작은 공장.

항공기의 격납고처럼 생긴 커다란 창고 안에서 거대한 기계들이 굉음을 내고 있었다.

시끄러운 소리를 피해 2층 사무실로 올라온 강찬과 서대호는 서대호의 아버지와 마주 앉았다.

"그래, 영화를 찍는다고?"

서대호의 덩치가 어디서 왔는지를 한눈에 알 수 있는 풍채, 그리고 넉살 좋아 보이는 얼굴의 서대호 아버지, 서태산이 강찬과 서대호를 반겼다.

"예, 아저씨."

"안 그래도 대호 이놈이 하고 싶은 게 없어서 걱정이었는데 다행이야."

그는 사람 좋은 미소를 지으며 허허 웃었다.

"카메라는 여기 있다."

서태산의 취미는 사진 촬영.

그것을 알고 있던 강찬이 서대호에게 '아버지 카메라를 빌리자'고 말했고 서태산은 흔쾌히 수락했다.

캐논 EOS 350D.

보급형 SLR 카메라로 초보자들이 사용하기 좋은 카메라였다.

지금 시기에 구하려면 꽤 많은 돈이 들었을 텐데.

"감사합니다. 조심해서 쓸게요."

"다룰 줄은 알고?"

이것보다 훨씬 어려운 카메라도 수족처럼 다루었던 강찬이었지만 고개를 저으며 미소를 지었다.

"아뇨."

"그럼 내가 좀 알려주마."

서태산은 이런 시간을 바랐다는 듯 케이스에서 카메라를 꺼내 기능들을 설명하기 시작했고 강찬은 그의 설명을 경청했다.

서대호 또한 열심히 듣긴 했지만 이해가 되진 않는 표정.

"오, 처음치곤 굉장히 잘하는데?"

"하하, 아저씨가 잘 가르쳐 주셔서 그렇죠. 감사합니다."

서태산이 만족스러운 표정을 짓자 강찬 또한 미소를 지었다.

"그럼 다른 거 도와줄 건 없나?"

"그냥 사진 몇 장 찍고 그림 몇 장 그리고 갈 생각입니다."

"그래? 그럼 필요한 거 있으면 말하고."

"네. 감사합니다."

서대호는 뭐가 부끄러운지 별말 없이 손가락만 꿈지럭거리고 있었다. 강찬이 인사를 하고 일어서자 서대호 또한 감사합니다, 하는 인사를 한 뒤 그의 뒤를 따라 공장으로 나왔다.

"그림을 그린다고?"

"응. 스토리보드는 알지?"

서대호가 고개를 끄덕였다. 강찬과 함께 3~5분짜리 단편영화를 찍어본 경험이 있었기에 제작이 어떤 식으로 돌아가는지에 대해 대충은 알고 있었다.

"영화 장면을 네 컷 만화처럼 그리는 거지?"

"맞아."

스토리보드.

간단히 말하자면 콘티고 더 간단히 이야기하자면 짧은 컷의 만화다.

감독이 생각하는 장면과 구도, 그리고 연출에 대해 간략하게 그린 그림이며 배우와 스태프들은 그것을 보고 어떤 식으로 촬영을 해야 할지 감을 잡는다.

스토리보드가 구체적이고 알기 쉬울수록 스태프들의 이해가 빨라지고 또 촬영이 쉬워지기에 감독들이 신경을 쓰는 부분이기도 하다.

"여기서 찍을 신이……."

서대호가 시나리오를 뒤적이는 사이, 모든 내용을 머릿속에 담고 있는 강찬이 공장 내부의 사진을 찍기 시작했다.

"그렇게 많진 않네."

"영화 자체가 짧으니까."

영화 '우리들'은 30분이 되지 않는 짧은 영화다. 게다가 동적인 장면보다는 정적인 장면이 많았기에 많은 로케이션은 필요 없었다.

"구도 나오나?"

"그럭저럭."

같은 장소를 눈으로 보는 것과 사진을 찍어보는 것, 그리고 영상으로 보는 것은 모두 느낌이 다르다.

강찬은 같은 장소를 다른 구도로 여러 번 찍어보며 머릿속에 있는 장면과 어울릴 구도를 찾아다니기 시작했고 서대호 또한 그의 뒤를 따라다니며 자신의 의견을 내놓았다.

"7번 신. 여기 어때?"

"태양광이 너무 안 드는데."

"그래서 괜찮지 않아? 조금 우울한 분위기잖아."

서대호의 물음에 강찬이 고개를 저었다.

"14번 신은 감정이 돋보여야 하잖아. 배우의 연기가 중요한 신이라는 소린데 배우의 얼굴이 잘 안 나오면 안 되지."

"조명하고 반사판을 쓰면?"

"둘 공간이 안 나올걸."

서대호는 아쉬운지 코를 훌쩍이더니 이리저리 움직이며 구도를 보았다. 그러곤 짧게 혀를 차며 수긍했다.

"근데 넌 언제 이렇게 공부했냐. 보자마자 각이 나오나 보네."

대답 대신 미소를 지은 그는 원하는 장소를 찾아 움직였고 곧 쓸 만한 장소를 발견했다.

"오프닝 신은 여기 어때?"

서대호는 잘 기억이 나지 않는지 시나리오를 편 뒤 주변을 둘러보았다.

뒤로는 트럭 몇 대는 왔다 갔다 할 수 있을 정도의 입구가 있었고 앞으로는 기계들이 보인다.

기계 사이사이로 직원들이 오가며 바쁘게 일하고 있었고 햇빛도 적당한 장소.

"첫 신이 정년 퇴임하는 장면이니까…… 뒤에서 일하는 직원들하고 대비되고 괜찮겠는데."

강찬의 의도를 정확히 읽은 서대호가 답했다. 만족스러운 미소를 지은 강찬은 그 자리에 선 채로 노트에 그림을 그려 나갔다.

그런데.

"……음?"

저번 삶, 강찬은 스토리보드를 못 그리는 것으로 유명했다.

네모를 그린 뒤 (차)라고 써넣어 차를 그렸으며 졸라맨과 같은 막대 인간을 그린 뒤 얼굴에 (배우)라고 써넣었었다.

그림 실력을 늘리기 위해 그림학원까지 다녔었지만, 소질이 없는 것인지 영 늘질 않았고 결국 포기했었다.

한데.

"뭐지."

눈앞의 기계를 그리기 위해 선을 그은 순간, 그의 손이 저절로 움직이며 기계를 그려냈다.

마치 캐리커처처럼 특징을 잘 살린 그림.

그림 자체를 잘 그린 것은 아니었지만 누가 보아도 똑같은 기계로 보일 정도였다.

강찬은 자신의 그림 실력에 놀라면서도 계속해서 스토리보드를 채워 나갔고 네 컷이 완성되었을 때.

"······와."

옆에서 지켜보고 있던 서대호의 입에서 감탄이 터져 나왔다.

"너 그림 겁나 못 그리지 않았나?"

"어? 어······."

"엄청 잘 그렸는데? 아니, 뭐라고 해야 하지? 그림체가 좋은 건 아닌데······ 한눈에 들어온다 해야 하나?"

강찬 또한 자신의 손에 들린 그림을 보며 감탄을 하고 있었다. 스토리보드라기보다는 한 편의 웹툰과 같은 완성도.

전문적인 장비가 아닌 모나미 볼펜으로 그린 게 이 정도였다.

어떤 사람이 보아도 한 번에 이해가 될 만큼 보기 쉽게 그려진 스토리보드.

"저기 서봐."

무언가 감을 잡은 강찬이 서대호에게 기계 옆에 설 것을 주문했고 서대호가 그곳에 섰다. 그러자 강찬은 스케치하듯 서대호를 그려 나갔다.

그리고 3분도 되지 않아 그림 하나가 완성되었다.

서대호의 특징인 덩치와 큰 코, 그리고 그의 배경이 된 기계들의 특징까지 잘 살아 있었다.

그림을 확인한 서대호는 완벽하다며 좋아했지만, 강찬의 표정은 심각했다.

'어떻게 된 거지.'

이것 또한 그 여자의 배려인가?

아니면 단지 원래 그림을 잘 그렸는데 나이를 먹으면서 퇴화했다거나…….

말도 되지 않는 생각을 털어버린 강찬은 고개를 끄덕였다.

'어쨌거나 잘됐다.'

어떤 대가가 있을지 모르지만 당장에 유용하게 쓸 수 있는 능력을 얻었으니 그것에 기뻐하는 것만으로도 충분하다.

"더 그려보자."

"오케이."

서대호와 강찬은 공장 구석구석을 돌아다니며 스토리보드를 그리고 사진을 찍었다.

"후, 끝났다."

"이제 시작이지."

"그것도 그래."

서대호는 으다다거리면서 기지개를 켠 뒤 2층 사무실을 가리키며 말했다.

"오후에는 시내 찍는다고 했지?"

"어. 오늘 로케 다 따놓으려고."

"그럼 아버지한테 밥 얻어먹고 가자. 여기 탕수육 죽이게 하는 데 있거든."

"아, 북경? 좋지. 어차피 드릴 말씀도 있었고."

영화 제작에 필요한 돈.

서대호가 미리 언질을 줘두었으니 이제 남은 것은 강찬이 그를 설득하는 일이었다.

"이야…… 찬이 사진 잘 찍네? 그림도 잘 그리고. 이거 보통 내기가 아니었구먼."

카메라를 들고 강찬이 찍은 사진을 살피던 서태산이 감탄을 흘렸다. 어려운 설정을 건드린 것도 아니고 조리갯값을 조절했을 뿐인데 느낌이 다르다.

똑같은 구도인데도 차가운 사진과 따뜻한 사진이 있었으며 또 어두운 느낌도 있었다.

연신 감탄을 뱉던 그는 달라진 눈으로 강찬을 바라보았다.

"찬아, 어디서 사진 배운 적 있니?"

"아뇨, 독학했습니다."

"찬이 이놈 천재 아니야?"

좋든 싫든 카메라와 20년을 살았다.

프로 사진사까진 아니더라도 꽤 좋은 사진을 뽑아낼 자신은 있다.

"하하. 감사합니다."

"그림도 되게 잘 그리고……."

칭찬을 받는 사이 탕수육과 짜장면이 도착했고 세 남자는 식사를 시작했다. 식사 도중 영화에 관한 이야기를 주고받았고 서태산은 큰 흥미를 보였다.

서대호가 영화에 흥미를 갖게 된 것은 그의 아버지인 서태산의 영향이 컸다. 그의 집에는 엄청난 양의 영화 테이프와 DVD가 있었다.

자연스럽게 어릴 적부터 영화를 접한 서대호가 영화에 관심을 가지는 것은 당연지사.

아버지가 영화감독이었던 강찬과 친하게 지내는 것 또한 어찌 보면 당연한 것이었다.

곧 식사가 끝나자 서태산이 입 주변을 닦으며 말했다.

"그래, 돈이 필요하다고."

"예."

"얼마나?"

"일단 이것부터 보시죠."

강찬은 메고 온 배낭에서 촬영 계획서를 꺼내 서태산에게 건넸다. 서태산은 호, 하는 탄성을 내며 촬영 계획서를 읽기 시작했다.

"결론부터 말씀드리면 필요 경비는 500만 원입니다."

고등학생에게 500만 원은 어마어마하다는 말이 어울릴 정도로 큰돈이다. 하지만 강찬에게는 아니다.

수십억 단위의 예산이 들어가는 영화도 제작해 보았으며 영화 촬영 도중 배우가 음주운전을 하는 바람에 모든 돈이 허공으로 날아간 적도 있었다.

마지막으로 제작했던 '하루'의 경우에는 투자금만 백억이 넘었었고.

그렇기에 그의 목소리에는 떨림이 없었다.

"첫 페이지를 보시면 아시겠지만 필요 경비는 크게 세 가지로 나뉩니다. 첫째는 인건비, 둘째는 장비와 로케이션 대여비, 셋째는 식비입니다. 이 중 가장 큰 비율을 차지하는 게……."

마치 회사원이 프레젠테이션을 하듯 강찬의 설명이 이어졌고 서태산은 물론이거니와 서대호마저도 그의 말에 빠져들었다.

촬영 계획표에 따라 어디에 얼마나 쓰이는지, 왜 이 정도의 돈이 필요한지까지 완벽한 설명이 끝났다.

"마지막으로 아저씨께서 주시는 돈은 매립 비용이 아니라 투자금이 될 겁니다."

"투자?"

"예. 저희가 이 영화를 만들어서 단편제에서 대상을 받는다면, 상금이 천만 원입니다. 그걸 전부 드리겠습니다."

마치 대상을 맡아두기라도 한 듯 당찬 목소리였다. 그의 태도에 헛웃음을 흘린 서태산이 물었다.

"만약 못 하면?"

"이번 겨울 방학에 아저씨 공장에서 일해서 갚겠습니다."

"으허허허. 그래, 투자하마. 대호 저놈이 혼자 돈을 달라고 했으면 절대 안 줬을 텐데 찬이 널 보니까 믿음이 가는구나."

서태산이 크게 웃자 강찬 또한 미소를 지으며 다시 한번 가방에서 종이를 꺼냈다.

"그게 뭐냐?"

강찬은 대답 대신 종이를 내밀었고 서태산은 안경을 들며 종이에 쓰인 글자를 읽었다.

"계약서라…… 허허."

방금 강찬이 설명했던 내용이 그대로 적힌 계약서였다. 만약 갚지 못하면 공장에서 일하겠다는 내용까지도.

즉석에서 짜낸 기지가 아닌, 미리 짜놓은 시나리오대로 움직이고 말하며 서태산을 설득했다는 것이 된다.

"내가 허락할 줄 알았던 건가?"

"허락할 때를 대비한 거죠."

"만약 허락 안 했으면?"

"그럼 또 다른 방법을 찾았겠죠."

서태산은 더욱 마음에 든다는 듯 소파를 내리치며 크게 웃었다. 이내 웃음을 멈춘 서태산이 강찬에게 손을 내밀었다.

"잘해봐."

"예. 잘 부탁드립니다."

악수를 마친 서태산은 서대호를 바라보며 말했다.

"너도 열심히 해봐라."

"그럼요."

이후 서태산과 몇 마디를 더 나눈 강찬과 서대호는 공장을 나서 시내로 향했다.

시내에서 원하는 구도가 나올 법한 장소를 찾아 헤매던 그들은 오후 11시가 넘어서야 사전 답사를 마칠 수 있었다.

집으로 돌아가는 버스 안.

서대호가 앓는 소리를 하며 말을 꺼냈다.

"힘들어 죽겠다."

"그래도 재미있잖아."

"그건 그래."

"앞으로는 더 힘들 거고, 훨씬 더 재미있을 거다."

"그것도 그럴 것 같다."

서대호는 만면 가득 미소를 지었고 강찬 또한 미소를 지으며 버스 창밖으로 시선을 던졌다.

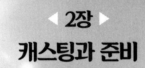

2장

캐스팅과 준비

　월요일의 학교.

　이제 막 사전 작업을 하고 있을 뿐이었지만 서대호는 제대로 된 영화를 촬영한다는 것에 신이 나 있는 상태였다.

　뿐만 아니라 노력하고 있었다.

　자신이 모르는 전문적인 단어나 영화 촬영 단계에 관해 공부하기 시작했고 모르는 것을 물어왔다.

　쉬는 시간, 단편영화의 역사라는 책을 보고 있던 서대호가 말했다.

　"촬영 순서는 감독마다 다르구나. 단편의 경우에는 두서가 없다고 봐도 될 정도고."

　"배우 스케줄, 촬영 스태프 스케줄, 장비 입고일. 이런 것들에 다 맞춰 촬영하니까."

"신기하네. 그건 그렇고 로케이션 따는 것도 끝났는데 이제 뭐 해?"

"캐스팅부터 해야지."

크랭크인(Crank in). 즉 영화 촬영에 들어가기 전에 해야 할 것은 세 가지다.

캐스팅과 로케이션 세팅, 그리고 장비 대여.

로케이션 세팅은 끝났고 장비 대여는 가서 빌리기만 하면 된다.

급한 것은 캐스팅.

시나리오를 쓰며 머릿속으로 생각한 인물상이 있긴 했지만, 고등학생 감독의 신분으로서 그런 배우들을 찾기는 하늘의 별 따기나 마찬가지다.

"찬이 너라면 동아리 애 중에서 몇 명 뽑아뒀을 거 같은데."

"일단 남주는 현우."

김현우.

18살에 180㎝가 넘는 키, 기생오라비라 쓰고 미남이라 읽히는 마스크를 가진 배우 지망생이었다.

그의 얼굴을 떠올려본 서대호가 고개를 끄덕이며 답했다.

"전에 보니까 연기도 괜찮게 하는 거 같던데. 오늘 동아리에 불러서 물어보자."

"그래."

강찬과 서대호가 소속된 동아리, 영화부의 원래 취지는 영화 감상이었다.

하지만 영화 제작에 관심이 있는 선생님이 고문을 맡게 되면서 성질이 변해 영화에 대한 전반적인 것을 모두 하는 동아리가 되었다.

개중에는 배우를 꿈꾸는 이들도, 감독이나 연출 쪽을 꿈꾸는 이들도 있었다.

"그럼 여자 주인공은?"

"여진주."

"……여진주? 백선여고의 그 여진주?"

강찬이 고개를 끄덕이자 서태호가 콧김까지 뿜어대며 격하게 고개를 끄덕였다.

"여진주네. 딱 여진주야. 시나리오 자체가 여진주를 위한 거였어. 여진주 캐스팅하자!"

"되면 좋기야 하겠다만."

여진주.

백선여고 여신이라 불릴 정도로 아름다운 외모와 이기적인 몸매를 가진 여고생이다.

강찬이 그녀를 택한 데는 이유가 있었다.

'미래에 밝게 빛날 원석이다.'

그녀는 2년 뒤 최고의 인기를 구사할 아이돌 그룹, VOV의 리더가 될 것이다.

그렇게 아이돌로 5년 이상을 보내던 그녀는 CF를 넘어 드라마, 결국 영화까지 섭렵하며 톱스타의 반열에 오르게 된다.

지금부터 안면을 튼다면 미래에 빛을 발할 인맥이 될 것은 분명한 상황.

하지만 문제가 있었다.

들떴던 서대호 또한 그 문제가 생각났는지 아, 하는 탄식과 함께 말했다.

"근데 걔 고등학교 졸업할 때까지 연예계 데뷔 안 한다고 했잖아."

가장 큰 문제.

여진주는 고등학교를 졸업할 때까지 연예계에 데뷔할 생각이 없다 밝히며 수많은 기획사의 러브콜을 거절하고 있었다.

"그래도 한번 부딪혀는 봐야지. 상업 영화도 아니고 고등학생이 만드는 영화니까. 게다가 우리한텐 '우리들'이 있잖아?"

강찬이 두꺼운 시나리오를 팔락이자 서대호가 미소를 지었다.

"그렇지. 그거 읽으면 아무리 여진주라도 하고 싶어지겠지?"

"그럼."

문제는 읽게 만드는 거다만.

뒷말을 삼킨 강찬은 서대호를 바라보며 말을 이었다.

"내일 걔네 학교 끝날 때 맞춰서 가보자."

"왜 오늘은 안 가고?"

"스토리보드 손볼 게 있어서. 현우도 만나 봐야 하고."

천천히 고개를 끄덕이던 서대호가 응? 하는 소리와 함께 물어왔다.

"걔네 학교가 우리랑 똑같은 시간에 끝날 텐데 어떻게 맞춰서 가?"

"수업 째야지."

서대호는 특유의 푸흐흐, 하는 웃음을 흘렸고 거의 동시에 수업 시작을 알리는 종이 울렸다.

그가 자신의 자리로 돌아가자 강찬은 시나리오와 스토리보드를 편 뒤 수정에 집중하기 시작했다.

강찬이 다니는 고등학교의 야간자율학습은 말 그대로 자율이었다. 하고 싶은 이는 야자를 하고, 원하지 않으면 동아리 활동을 하거나 귀가를 해도 된다.

방과 후 영화부 동아리실.

강찬과 서대호, 그리고 그들의 연락을 받은 김현우. 세 남자가 테이블에 둘러앉아 있었다.

"30분짜리 단편영화요?"

"응. 네가 주연이고."

"단편에 주역 단역이 어디 있어요."

단편영화는 애초에 등장하는 캐릭터 자체가 별로 없고 예산도 적기에 등장하는 이들은 다 주역이라 봐도 무방하다.

의표를 찔린 강찬이 헛웃음을 흘리자 김현우가 말을 이었다.

"시나리오 한번 읽어봐도 돼요? 이런 거 해보고 싶었는데."

"얼마든지."

김현우가 시나리오를 다 읽어갈 무렵, 영화부의 고문 백혜선이 동아리실로 들어왔다.

백혜선.

임용고시를 통과했음에도 배우가 하고 싶어 연극영화과에 재입학한 뒤 극단에서 활약했던 경력이 있는 선생님이었다.

현 영화부의 고문이자 강찬과 서대호가 단편영화를 찍는 데 큰 도움을 준 인물이다.

그녀가 들어오자 강찬과 서대호가 일어서서 인사를 건넸다.

김현우는 시나리오에 집중하느라 그녀가 들어온 것도 모르고 있다가 백혜선이 가까이 오고 나서야 알아채고 인사를 했다.

"현우는 뭘 그렇게 열심히 읽고 있어?"

"아, 찬이 형이 쓴 시나리오요."

"시나리오?"

벌써 마흔 줄에 들어선 그녀였지만 연기를 했던 탓인지 시나리오라는 말에 눈을 반짝였다.

"현우 보고 나도 봐도 되니?"

"그럼요."

백혜선은 김현우가 읽고 있는 시나리오를 슥 바라보더니 그들의 옆에 앉으며 말했다.

"누가 쓴 건데? 둘이 같이?"

"아뇨. 찬이가 혼자 썼어요. 저희 영화 한번 제대로 찍어보려고요."

"오, 좋지! 단편으로?"

"예. 30분 정도요."

30분이라는 말에 백혜선의 눈이 동그래졌다.

"너희 30분짜리 찍으려면 돈하고 사람이 얼마나 필요한지는 알고 하는 소리지?"

그녀의 말에 강찬은 대답 대신 촬영 계획표를 꺼내 그녀에게 건넸고 그녀는 다채로운 표정으로 놀라며 감탄사를 뱉었다.

"세상에…… 이것도 찬이가 짠 거야?"

"예."

"이건 프로 수준인데? 어지간한 극단보다 나아."

백혜선이 연신 감탄하는 사이, 김현우가 다 읽은 시나리오를 내려놓으며 강찬을 불렀다.

"찬이 형."

"응?"

"이거 남주 캐스팅 후보, 저 말고 또 있나요?"

"더 있긴 한데."

"저 합니다. 아니지, 찬이 형 저 시켜주세요. 예?"

극적인 반응에 서대호는 씩 미소를 지으며 강찬을 보았고 강찬 또한 미소를 지었다.

"일단 보고."

"아, 형 우리가 알고 지낸 게 벌써 2년인데. 우리 학교에 나보다 마스크 나은 애 없잖아요. 이거 '우리들' 남주 수혁이, 잘나가는 양아치죠? 나 이런 연기 잘해요. 한 번 보여 드릴까요?"

김현우는 시나리오가 어지간히 마음에 들었는지 시나리오를 들고 일어서며 말을 이었다.

"신 9. 여기가 절정 맞죠? 선생님, 여기 누나 역할 좀 해주실 래요? 그냥 대사만 좀 읽어주세요."

얼떨결에 상대역을 맡게 된 백혜선이 고개를 끄덕이자 김현우가 숨을 훅 들이쉰 뒤 감정을 잡고 연기를 시작했다.

"공부 잘하면 뭐 어쩔 건데? 네가 내 인생 대신 살아주기라도 할 거야? 아니면 평생 돈이라도 줄 거야?"

째 감정이 격앙되는 컷인데도 불구하고 김현우는 잘 소화해 냈다. 물론 전문 배우라 보기에는 모자란 점이 있긴 했지만 적어도 보기에 불편하진 않았다.

"내가 하는 말은 그게 아니잖아. 왜 이해를 못 하니."

"이해? 애당초에 내가 이해하길 바랐으면! 그딴 행동을 하면 안 되는 거 아니야?"

백혜선 또한 극단에 있던 경험을 살려 상당한 훌륭한 연기를 해주고 있었다.

마치 배우들의 대본 리딩을 보는 것과 같은 현장감.

강찬은 자신도 모르게 예전 영화를 찍을 때처럼 감독의 눈을 하고선 그들의 연기를 평가하기 시작했다.

"내가 널 생각해서……"

"생각은 씨발! 너나 아빠나 다 똑같아. 내가 뭘 해달라고 했어? 아니면 내가 한다고 했어? 왜 자기들 마음대로 판단하는 건데? 그래놓고 자기들 마음대로 안 움직이면 지랄하고!"

마치 두 주인공인 수혁과 수현이 대화를 하는 것 같은 느낌.

더 볼 것도 없었다.

"거기까지."

김현우는 짧은 시간에 꽤 몰입한 건지 숨을 몰아쉬며 감정을 추슬렀고 백혜선은 놀란 눈으로 세 사람을 바라보고 있었다.

"현우 연기 잘하네."

"그러게. 전에는 저 정도까진 아니었던 거 같은데."

김현우.

마스크와 연기력만 봐서는 크게 될 배우였고 또 그래야만 했다.

하지만 작품 운이 없었다.

고르는 작품마다 줄줄이 망했고 그중에는 강찬의 작품도 몇 있었다.

가진 것에 비해 너무 뜨지 못한 배우였고 저번 삶 강찬은 그 것을 안타깝게 생각하고 있었기에 시나리오를 쓰던 당시부터 그를 남자 주인공으로 배정해 둔 상태였다.

"형, 저 합격이죠?"

"그래. 수혁이 역할은 현우 네가 하자."

"예쓰!"

김현우는 방방 뛰면서 기쁨을 표현했고 그사이 백혜선이 시 나리오를 가져가 읽기 시작했다.

그리고 얼마 후.

"이야…… 찬이 물건이네."

"어떠세요?"

"무슨 시나리오에 3점 조명 포인트랑 앵글, 카메라 무브까지 써놨어."

보통의 시나리오는 대사와 지문밖에 없다.

강찬 또한 원래는 그렇게 쓴다.

하지만 이번 영화는 단편. 게다가 누군가에게 보여주어야 하는 영화였기에 조금 더 오버를 한 것이었다.

"단편이라 어차피 혼자 다 해야 하잖아요."

"그래도 그렇지……."

시나리오를 조금 본 사람이라면 장면을 떠올릴 수 있을 정도로 세세한 시나리오였다. 게다가 스토리보드까지 보자 마치 영화 한 편을 그대로 본 것 같은 느낌이 들었다.

"스토리보드도 직접 그린 거지?"

"예."

"소질이 있네. 그림 자체가 잘 그린 건 아닌데 당장에라도 재생될 것 같은 생동감이 있어."

백혜선이 말을 마친 강찬의 눈을 빤히 바라보더니 그에게로 몸을 기울이며 물었다.

"이거 탐난다. 찬아, 혹시 아버지 배역 구했니?"

"예. 생각해 둔 사람이 있어서."

강찬이 가진 것은 경험.

그리고 미래에 대한 지식이었다.

배우들의 인생까지야 자세히 모르지만 누가 어떤 작품으로 스타덤에 오르는지, 그리고 연기력이 뛰어난 배우가 누구인지 정도는 기억하고 있었다.

그랬기에 그의 캐스팅 보드는 꽉 차 있었다. 불발될 때를 대비한 예비 캐스팅까지도.

"아쉽네. 아버지가 아니라 어머니로 바꾸고 내가 들어갔으면 참 좋았을 거 같은데. 생각해 둔 사람이 있다면 어쩔 수 없지. 그럼 여자 주인공도 정해진 건가? 우리 학교 애야?"

"우리 학교 애는 아니고요. 여진주라고 아세요?"

"진주? 백선여고 여진주."

"예. 걔요. 혹시 아세요?"

일이 쉽게 풀릴까 하는 기대에 강찬의 눈이 반짝였지만, 백혜선은 고개를 저었다.

"알기야 하지. 백선여고 여신! 유명하잖니?"

"개인적으로는 모르시고요?"

"아쉽게도."

"어쩔 수 없죠."

강찬이 아쉽다는 듯 쩝 하고 입맛을 다시자 백혜선이 씩 웃으며 물어왔다.

"너희가 직접 캐스팅하려고?"

"예. 내일 찾아가 보려고요."

백혜선은 "오, 청춘이야!" 하는 탄성을 뱉으며 말을 이었다.

"그럼 수업은?"

"하하…… 마지막 수업만 좀……."

강찬이 어색한 웃음을 흘리자 그녀는 눈을 흘겼다.

하지만 별말 없이 고개를 끄덕인 백혜선은 들고 있던 시나리오를 건네며 말했다.

"드디어 내가 도와줄 게 생기겠네. 어차피 영화 촬영하면 앞으로 학교 빠질 일 많을 거 아니야?"

"그렇겠죠."

방과 후, 그리고 주말만 가지고는 영화를 촬영할 수 없다. 심지어 출품까지 4달도 안 남은 상황.

어쩔 수 없이 학교를 빠지는 날이 생길 수밖에 없을 것이다.

"감사합니다."

"뭘, 너희는 우리 학교에서 배울 것보다 영화판에서 배울 게 많은 아이들이잖아. 그럼 당연히 학교 출석보다 그쪽이 중요하지."

백혜선은 그들을 이해한다는 듯 미소를 지어주었고 세 명의 아이들 또한 그녀를 보며 감사의 인사를 건넸다.

그날 밤.

자신의 방에 이불을 펴고 누운 강찬은 짧은 한숨을 토했다.

"여진주."

그녀에 대해 아는 것은 많지 않다. 하지만 한 가지는 확실하다.

이번 영화의 여주인공은 무조건 그녀여야 한다는 것.

눈을 감은 강찬은 내일 여진주를 포섭하기 위한 시나리오를 다시 한번 정리했고 곧 미소를 지으며 말했다.

"완벽해."

다음 날.

수업이 끝난 뒤, 강찬과 서대호는 학교를 나섰다. 두 사람은 백선여고로 가는 버스를 기다리며 대화를 나누었다.

"떨린다."

"아까 말한 대로만 하면 돼."

서대호는 강찬이 말했던 것을 상기하는지 허공을 보고 눈을 끔뻑이다 말했다.

"그게 그대로 될까?"

강찬이 짠 시나리오대로만 흘러간다면 여진주를 캐스팅하는 데 큰 무리가 없을 것처럼 보였다.

문제는 이건 촬영이 아니며 여진주가 배우가 아니라는 것.

그녀가 강찬의 의도대로 움직여 줄지가 관건이었다.

"내가 원하는 그림이 나오게 만들어야지. 그게 감독의 능력이고 조감독의 역할이야."

강찬의 말에 서대호는 킁, 하고 코끝을 문질렀다. 그러고는 강찬의 시나리오 속에서 자신이 해야 하는 역할을 상기했다.

"여고 앞에서 새빨간 장미꽃 한 송이를 들고 기다린다니…… 80년대 영화에나 나올 법한 연출 아니야?"

"그때도 이런 연출은 안 썼어."

"……난 모르겠다."

서대호는 자신의 얼굴을 벅벅 문질러 댔고 그사이 버스가 도착했다. 버스에 몸을 실은 두 사람은 별다른 대화 없이 백선여고 앞에 도착했다.

강찬은 근처 꽃가게에 들러 새빨간 장미 한 송이를 샀다.

백선여고 정문.

190㎝는 되어 보이는 고등학생이 종이 뭉치를 들고 있었고, 그 옆에 상대적으로 왜소해 보이는 고등학생은 새빨간 장미를 들고 있었다.

곧 하교 종이 울리고 수많은 여고생이 정문을 통과하다 그들의 모습을 발견하곤 모이기 시작했다.

그도 그럴 것이 여고 앞에 꽃을 든 남자 둘이라니.

떨어지는 단풍만 보아도 눈물을 글썽이는 여고생들의 상상력을 자극하기에 딱 좋은 소재 아니겠는가.

"진주 보러 온 걸까?"

"생긴 건 그냥 그런데?"

"뭐 어때. 용기가 가상한 거지."

"이번이 몇 번째지?"

'다 들린다, 이것들아.'

도를 넘은 부끄러움에 서대호의 얼굴은 곧 터질 듯 붉어졌다.

하지만 강찬은 점점 더 차분해지고 있었다. 오히려 멍석이 깔리고 있으니 여진주의 시선도 끌기 쉬울 터.

적어도 대화 한마디 정도는 나눌 수 있는 기회가 마련되었다.

그리고 잠시 후.

"진주 온다."

"꺄, 어떻게 해."

주변이 시끄러워지더니 곧 인파가 갈라지며 여진주가 모습을 드러냈다.

군계일학.

말 그대로 닭 사이의 학이다.

군중처럼 몰려든 여고생들이 순간 닭으로 보일 정도로 그녀는 아름다웠다. 별다른 분장을 한 것도 아닌데 결점 하나 없는 피부, 거기에 평범한 교복이 비싼 메이커로 보이게 만드는 자태까지.

영화를 찍는 감독이라면, 저런 아우라를 뿜는 여배우를 어떻게든 자신의 영화에 출연시키고 싶을 것이다.

강찬 자신도 그랬고.

옆에서 서대호가 침을 삼키는 소리가 강찬의 귀에까지 들렸다.

그때, 이런 상황을 한두 번 겪어본 게 아니라는 듯 여유로운 모습의 여진주가 그들을 향해 다가왔다.

그러곤 꽃을 들고 있는 강찬의 얼굴을 바라보며 말했다.

"여기까지 와준 건 고마운데, 미안해요."

강찬과 서대호는 아무런 말도 안 했는데 먼저 다가와 말을 건다. 만약 자기를 보러 온 게 아니면 어쩌려고 그럴까.

하지만 이런 자신감도 강찬의 마음에 들었다.

"미안할 건 없어요. 그러려고 찾아온 게 아니니까."

그때 주변에서 오~ 하는 탄성이 터져 나왔다. 서대호는 몸을 비비 꼬기 시작했고 여진주의 미소는 짙어졌다.

마치 강찬이 그녀의 흥미를 끌기 위해 수작을 부린다 생각하는 것 같은 얼굴.

그녀의 표정을 본 강찬은 다음 장면을 위해 서대호에게 손을 내밀었다. 그러자 멍하니 있던 서대호가 아! 하는 소리와 함께 그에게 시나리오 뭉치를 건넸다.

그러자 여진주가 강찬의 양손에 들린 꽃과 시나리오를 바라보다 곧 강찬과 눈을 맞추며 물었다.

"그럼 뭐예요?"

"캐스팅하러 왔습니다. 이건 뇌물."

캐스팅이라는 말에 여진주의 눈에 의문이 서렸다. 그사이 강찬이 꽃을 건넸고 여진주는 얼결에 꽃을 받아 들었다.

그러자 주변을 둘러싸고 있는 여고생들이 비명 아닌 비명을 질러댔고, 강찬은 여진주와 눈을 맞추었다.

시선을 받는 것이 익숙한 여진주도 이런 상황은 처음이라 살짝 당황한 모습이었다. 그 틈을 잡은 강찬이 말을 이었다.

"시나리오 한 번 보실래요?"

한 손에 장미를 든 여진주는 그의 말에 흥미가 동하는 것을 느꼈다.

고등학교에 다니며 대담해진 남자들은 그녀를 향해 끊임없 는 구애를 보내곤 했다. 강찬처럼 학교 앞으로 대놓고 찾아오 는 것도 예삿일이었으며 집 앞으로 찾아오는 스토커 같은 놈 들도 있었다.

하지만 이런 식으로의 접근은 처음이었다.

캐스팅이라니.

"어떤 배역인데요?"

"단편영화입니다. 30분 정도 되고. 메인 스토리는 가족 간 의 갈등."

그의 말을 듣는 순간, 여진주의 미간이 살짝 찌푸려졌다가 언제 그랬냐는 듯 원래의 얼굴로 돌아왔다.

찰나의 변화였지만 배우의 감정을 캐치하는 데 능숙한 강찬은 그것을 놓치지 않았다.

'왜 표정이 변한 거지.'

스토리가 마음에 들지 않은 것은 아니다. 그랬다면 당장에 거절을 하고 자리를 떠났을 터.

'그럼……'

강찬은 자신이 한 말을 곱씹어보았다.

단편영화, 30분, 가족 간의 갈등.

이 중 여진주가 반응을 보일 만한 단어는.

'예상이 맞았구나.'

생각의 물꼬가 트이자 사고가 확장되며 강찬의 눈이 번뜩였다.

여배우의 과거는 언제나 식지 않는 화두다.

여진주 같은 스타의 과거는 더욱더.

강찬이 돌아오기 전, 그녀가 고등학교를 졸업하기 전까지 데뷔하지 않은 것에 대해 많은 말이 있었다. 그리고 그중 가장 신빙성이 있는 가설은 가족과의 갈등이었다.

당시 여진주는 토크쇼에서 '가족의 반대가 있었다'라는 말로 늦게 데뷔한 것에 대한 이슈를 일축했고 그 이후 수많은 추측성 기사가 나왔다.

그리고 지금의 반응으로 그것을 확신할 수 있었다. 큰 그림이 그려졌으니 남은 것은 여백을 채울 디테일.

강찬은 기억을 더듬으며 그녀의 가족 구성을 떠올렸고 곧 고개를 끄덕였다.

여진주의 가족은 부모님뿐.

개중에 여진주의 어머니는 8~90년대 스크린을 주름잡았던 배우, 배혜정이다.

그 당시 연예계를 겪은 그녀라면 하나뿐인 딸이 자신이 겪은 고생을 그대로 겪으려 하는 것을 반대했을 가능성이 컸다.

'아니, 확실하다.'

강찬의 생각이 끝나갈 무렵, 장미를 들고 있던 여진주가 말했다.

"가족 간의 갈등이라."

자신의 손에 들린 꽃, 그리고 강찬의 손에 들린 시나리오를 번갈아 보던 그녀는 강찬의 얼굴을 보며 말했다.

"궁금하긴 하네요."

천천히 고개를 끄덕인 여진주는 길 건너편에 있는 카페를 향해 시선을 돌리며 말했다.

"서서 할 얘기는 아닌 거 같은데."

"그럼 장소를 옮기죠."

여진주의 말에 강찬이 바로 답하며 미소를 지었다.

한적한 카페 안, 여진주와 두 사내가 자리에 앉아 간단히 음료를 주문했다.

그리고 얼마 지나지 않아 백선여고의 학생들이 하나둘씩 들어와 그들 주변의 자리를 차지하고 앉기 시작했다.

헛웃음을 흘린 강찬은 주변의 시선을 싸그리 무시한 채 말을 꺼냈다.

"아까는 경황이 없어서. 소개부터 할게요. 전 강찬, 이쪽은 서대호. 남천고 3학년이고 영화를 찍고 있어요. 이건 제가 쓴 시나리오."

'우리들'이라 쓰인 시나리오가 테이블에 올라오자 여진주의 눈이 반짝였다.

"진짜 캐스팅하러 온 거예요?"

"예."

"새빨간 장미꽃 들고?"

"덕분에 그쪽 시선 끄는 데 성공했으니 됐죠."

유들유들한 강찬의 대답에 여진주의 얼굴에 호기심이 번져갔다.

여진주와 시선을 맞추는 남자들은 나이를 불구하고 그녀의 눈동자를 피하곤 했다. 하지만 강찬은 달랐다.

수많은 여고생에 둘러싸여서도 여진주의 눈을 보며 대화를 이어나갔다. 게다가 마치 자신의 반응을 생각해 두기라도 한 듯, 대화나 행동을 이어나가는 데 거침이 없었다.

조금 더 흥미가 생긴 여진주는 시나리오를 자신의 앞으로 끌어오며 말했다.

"전 여진주예요. 2학년이고요."

"반갑습니다. 서대호입니다. 조감독이 꿈입니다."

지금까지 한마디도 못 하고 있던 서대호가 불쑥 고개를 숙이며 자기소개를 했고 여진주가 웃음을 터뜨렸다.

"조감독이요?"

"예? 예. 조감독이요. AD. 어시…… 어스……."

"어시스턴트 디렉터."

"아, 맞아. 그거요. 어시스턴트 디렉터, 그게 제 꿈입니다."

서대호가 말을 더듬자 강찬이 도와주었고 서대호는 의자가 흔들릴 정도로 크게 고개를 끄덕였다.

덕에 여진주의 미소가 더욱 커졌고 그녀의 얼굴을 본 강찬 또한 미소를 지었다.

'지금이다.'

서대호의 어수룩함 덕에 어색했던 분위기가 깨졌다. 즉, 대화를 할 분위기가 마련되었다는 소리.

강찬은 타이밍을 놓치지 않고 말을 꺼냈다.

"러닝타임이 30분 정도 되는 단편영화고 배우는 셋, 스태프는 둘이에요. 촬영 기간은 두 달 정도 될 건데, 만약 출연하신다고 하면 그쪽 스케줄에 최대한 맞춰 드릴 수 있습니다."

단편영화에 별다른 지식이 없는 그녀도 이해할 수 있을 정도로 쉬운 설명. 여진주가 고개를 끄덕이자 강찬이 설명을 이어갔다.

"영화, '우리들'은 가족 간의 갈등을 토대로 세대 간의 갈등, 그리고 소통의 부재를 다룹니다."

그중에서도 그녀가 반응할 만한 '갈등'을 강조하며 그녀의 반응을 보려는 순간, 여진주가 시나리오로 손을 뻗으며 말했다.

"직접 읽어볼게요. 그래도 되죠?"

"그럼요."

시나리오를 든 여진주는 곧바로 빠져들기 시작했다.

잠깐의 여유가 생기자 소리가 나지 않게 숨을 토한 서대호와 강찬의 눈이 마주쳤다. 그러자 서대호가 입 모양으로 물어왔다.

'된 건가?'

'반쯤.'

가족 간의 갈등에 대해 이야기할 때 그녀의 반응과 그녀의 어머니를 엮어서 생각해 본다면 그럴듯한 그림이 몇 가지 그려졌다.

하지만 말 그대로 강찬의 상상일 뿐.

'전부 염두에 두고 생각하자.'

강찬은 여진주에 대해 많은 것을 알고 있다고 생각했다.

하지만 그건 커리어와 화면 속 겉모습일 뿐, 그녀가 어떤 가정환경에서 살아왔는지, 또 어떤 생각을 하고 살아가는지 전혀 몰랐다.

그저 예상만 할 뿐.

'앞으로 유의해야겠어.'

강찬은 미래에 어떤 배우가 잘되고, 어떤 배우가 사고를 치는지에 대해 대부분을 기억하고 있었다.

배우뿐만 아니다.

배급사와 매니지먼트 같은 연예계를 넘어서 크게는 누가 대통령이 되는지 같은 굵직한 사고들은 전부 꿰고 있었다.

영화감독으로서 넓은 베리에이션을 갖기 위해서는 당연한 일, 과거로 돌아오게 되면서 그것들은 무엇보다 소중한 자산이 되었다.

'더 많은 변수를 생각하고 움직여야 한다.'

강찬이 본격적으로 활동을 시작하면 연예계에 지각변동이 일 것이다.

누군가에게는 호재로, 누군가에게는 악재로 작용할 것이고 그것은 나비효과가 되어 강찬이 알고 있는 미래에 변화를 가져올 것이 분명하다.

'그걸 대비해야 해.'

강찬의 생각이 끝나갈 때쯤, 여진주가 시나리오를 내려놓았다. 그러곤 고개를 치켜들고 천천히 숨을 몰아쉬었다.

아이들이 눈물을 참을 때와 비슷한 모습.

서대호가 무어라 말을 꺼내려는 순간 강찬이 그의 입을 틀어막았고 서대호는 놀란 눈으로 그를 바라보았다.

"쉿."

서대호가 고개를 끄덕이자 강찬은 여진주에게 시선을 돌렸다.

눈시울이 붉어진 그녀의 모습이 의미하는 것은 한 가지.

여진주는 우리들에 나오는 어떤 캐릭터에 몰입했고, 그것을 자신의 상황에 대입하며 감정이 요동친 것이 분명했다.

강찬과 서대호가 가만히 기다리는 사이, 여진주는 커다란 눈을 깜빡이다가 다시 시나리오를 펴고 읽기 시작했다.

그것도 잠시.

결국, 격해진 감정을 참지 못한 여진주는 '잠시만요'라고 말한 뒤 자리를 비웠다.

무슨 상황인지 파악하지 못한 서대호는 그녀가 들어간 화장실 문을 보며 말했다.

"……뭐지?"

"됐어."

"되긴 뭐가 돼?"

"여진주. 캐스팅됐다고."

강찬은 팔짱을 낀 채 미소를 지었고 강찬의 생각을 알 리 없는 서대호는 멍하니 있을 뿐이었다.

그리고 그들의 주변에 있는 백선여고의 학생들은 저마다의 상상력을 꽃피우며 떠들어대기 시작했다.

다음 날, 방과 후 영화부 동아리실.

어제 있었던 일을 들은 김현우는 배를 잡고 웃다가 마지막 대목에 벌떡 일어서며 소리쳤다.

"진짜요? 여진주가 한대요? 그럼 나 여진주랑 영화 찍는 거야?"

"그래."

"와…… 대박. 찬이 형, 아니, 감독님. 키스 신 하나만 넣어주면 안 돼요?"

"너랑 걔랑 남매역이야, 미친놈아."

강찬의 욕설에 김현우는 진심으로 아쉽다는 탄성을 흘렸고 서대호는 푸흐흐 하는 웃음과 함께 김현우의 등을 두들겼다.

"혹시 알아? 이번 영화 찍으면서 썸이라도 탈 수 있을지?"

"아, 그러네?"

참으로 고등학생 같은 대화에 강찬의 얼굴에도 미소가 번졌다.

"찬이 형이 보기엔 어때요?"

"뭐가?"

"여진주요. 진짜 예뻐요?"

강찬은 별다른 수식어 없이 그냥 '예쁘다' 세 글자로 표현되는 여진주의 외모를 떠올리며 답했다.

"나중에 직접 봐."

"첫 촬영 언젠데요?"

"다음 주 월요일."

"오늘이 화요일이니까…… 세상에 6일 남았네?"

이제 4월의 둘째 주 화요일이니 첫 촬영은 셋째 주 월요일에 시작되는 셈이었다.

강찬의 말을 들은 서대호는 자신만의 촬영 계획표를 꺼내 일정을 체크하며 물었다.

"그럼 이제 아버지 배우 캐스팅하고, 장비만 사면 끝인가?"

"아니, 대여할 거야."

서대호의 아버지, 서태산의 카메라도 쓸 만하지만, 전문가

용 캠코더를 빌리는 편이 훨씬 낫다.

게다가 서태산의 투자금도 있으니 굳이 화질을 포기할 필요
는 없는 상황.

"이번 주말에 극단하고 렌트숍 갈 거니까 현우 너도 시간 비
워둬."

"안 그래도 따라갈 생각이었어요. 근데 극단은 왜요?"

표정을 보아 아닌 것 같았지만 말이라도 저렇게 하는 게 어
딘가. 실소를 흘린 강찬이 현우를 바라보며 말했다.

"아버지 역으로 생각해 둔 남자 배우가 극단에서 일하거든."

"선배 극단도 알아요?"

"개인적으로 아는 건 아니고 연극 보러 몇 번 간 적이 있어."

물론 거짓말이지만.

강찬의 말을 들은 이들은 그렇구나, 하고 고개를 끄덕이고
넘어갔다.

대충 일정 정리가 끝나자 세 남자는 대본과 시나리오, 그리
고 의상 대여와 같은 디테일에 관련된 것들에 대해 대화를 나
누었다.

그리고 시간은 흘러 주말이 왔다.

토요일 아침.

세 사람이 소규모 극장 앞에 섰다.

"마가타 극장이라…… 여기예요?"

"어. 들어가자."

아직 연극을 시작하기 전이었기에 관객석은 비어 있었고 몇 몇 스태프들이 돌아다니며 무대를 점검하고 있었다.

개중 입구의 근처에 있던 스태프 하나가 강찬 일행을 발견하고 다가오며 말했다.

"아직 연극 시작하려면 시간 좀 남았는데, 무슨 일이세요?"

"여기 최윤식 배우님 계시죠?"

"예. 윤식이 형 보러 오신 거예요? 잠깐만요. 윤식이 형!"

서글서글하게 생긴 스태프는 곧바로 무대 뒤로 뛰어들어가며 소리쳤고 얼마 지나지 않아 더벅머리의 중년 남성이 걸어나왔다.

큰 키에 비해 왜소한 몸, 눈썹을 가리는 금테 안경과 멀건 피부.

툭 튀어나온 광대가 신경질적으로 보였지만 그 아래 있는 팔자 주름 덕에 선해 보이는 인상도 두루 갖춘 사내.

최윤식은 세 사람을 보고선 고개를 갸웃하며 물었다.

"누구신지?"

"안녕하세요. 팬입니다."

강찬이 한 걸음 다가가며 손을 내밀자 최윤식은 엉겁결에 악수를 받아들였다. 손이 맞닿자 강찬은 바로 말을 이어갔다.

"배우님이 출연하신 '태양으로 가는 배' 그리고 '재판 뒤에 벌어지는 일' 정말 감명 깊게 봤거든요. 특히 변호사 역할 하셨을 때, 정말 좋아해서 몇 번이나 봤습니다."

강찬은 최윤식의 손을 쥔 채로 계속해서 칭찬을 이어갔다. 최윤식은 자신이 출연했던 작품들이 줄줄이 나오자 으허허, 하는 웃음소리를 내면서 뒷머리를 긁었다.

"아휴, 고마워요."

"저희가 감사하죠. 작품에 출연해서 빛나주시니까."

은근슬쩍 두 사람을 끼워 넣자 멍하니 있던 서대호와 김현우 또한 "팬입니다." 하며 고개를 꾸벅 숙였다.

"아, 그리고 보니 소개를 안 드렸네요. 저희는 남천고등학교 3학년 강찬, 서대호, 그리고 2학년인 김현우입니다."

정신이 빠질 정도로 칭찬을 듣던 최윤식은 아, 하는 표정으로 고개를 끄덕인 뒤 자신을 소개했다.

"나에 대해 나보다 잘 알고 있는 것 같아서 부끄럽네요. 전 마가타 극단 소속 최윤식입니다. 아, 손님이 왔는데 그냥 세워 뒀네. 이쪽으로 오세요."

삼십 대 후반 줄의 나이인데도 고등학생들을 대하는 데 스스럼이 없었다.

강찬이 그를 캐스팅하려는 이유 중 가장 큰 이유가 이것이었다.

촬영장에는 기둥이 필요하다.

보통 감독과 조감독이 그 기둥이 되게 마련이지만 두 사람은 이제 열아홉.

실력을 인정한다 하더라도 소소한 것까지 의지하려 들지는 않을 게 분명하다. 그렇기에 필요한 것이 나이와 경험 많은 배우다.

배우들의 멘탈을 케어해 줄 수 있을 만큼 연륜이 있는 배우.

그게 바로 최윤식이다.

최윤식은 그들을 데리고 무대의 뒤로 이동했고 곧 조그만 방 하나로 안내되었다. 손님을 위한 용도의 방은 아닌지 의자와 테이블, 그리고 무대 소도구 어지럽게 널려 있었다.

대충 의자를 세우고 테이블을 둔 뒤 둘러앉자 강찬은 들고 온 시나리오의 복사본과 촬영 계획표, 그리고 스토리보드까지 테이블에 올려놓으며 물꼬를 텄다.

"배우님은 영화 쪽에는 관심 없으신가요?"

"있기야 한데 어디서 써줘야죠."

최윤식의 관심이 그의 질문보다는 시나리오 복사본에 가 있는 것을 확인한 강찬이 시나리오에 손을 올리며 말했다.

"사실 저희가 영화부거든요."

"아, 그래요?"

"예. 그래서 이번에 단편영화를 찍는데, 평소에 좋아하던 최윤식 배우님과 함께 작업을 해보고 싶어서 이렇게 찾아왔습니다."

강찬은 말을 마치며 시나리오 복사본을 슥 밀었다.

"단편영화……."

그가 말꼬리를 흐리자 강찬이 바로 말을 이었다.

"이런 말씀부터 드리긴 뭐하지만…… 일단 페이는 주연급으로 맞춰드릴 수 있습니다."

민감한 단어인 페이를 바로 꺼내 버리자 최윤식의 눈에 이채가 돌았다.

강찬은 이제 열아홉. 마흔 줄의 최윤식이 보기에는 아이나 다름없었다.

그런 아이가 돈 얘기를 먼저 꺼낸다?

보통의 경우에는 아무것도 모른다 생각할 것이다. 하지만 최윤식의 촉은 다르게 이야기하고 있었다.

처음부터 돈 얘기를 꺼내 자신을 설득하겠다는 느낌.

강찬이 노린 것이 바로 그것이었다.

배우라는 직업의 수익 구조는 승자 독식, 그 자체다.

정상급의 배우들은 말 그대로 천문학적인 액수를 벌어들인다. 하지만 최윤식과 같은 극단 소속 배우들은 입에 풀칠할 정도도 벌지 못하는 경우가 다반사.

와이프와 애까지 있는 최윤식이 자금에 쪼들리는 것은 당연한 상황. 용돈 벌이가 될 수 있는 단편영화 촬영을 거부할 리가 없었다.

게다가 페이까지 맞춰준다면야.

"흐음."

그의 눈에 흥미가 도는 것을 발견한 강찬은 곧바로 말을 이어갔다.

"시나리오를 읽어보시면 아시겠지만, 굉장히 정적인 영화입니다. 그래서 로케의 이동이 적을 거고, 컷 분할이 많지 않아요. NG가 많지 않다면야 촬영 기간은 두 달 내로 끝날 거고요. 그러니 지금 하시는 연극에 지장이 갈 정도는 아닐 겁니다."

그의 말이 끝날 무렵, 최윤식은 처음과는 다른 눈으로 강찬을 바라보고 있었다.

"촬영 계획표에 스토리보드…… 컷 분할까지 다 짜놨네. 시나리오야 봐야겠지만 솔직히 말해서 준비한 것만 봐도 마음이 기울어요."

그는 시나리오에 손을 올린 뒤 말을 이었다.

"게다가 페이와 스케줄까지 맞춰준다니, 거부할 이유를 찾는 게 더 힘들겠네요. 같이해 봅시다."

강찬은 그럴 줄 알았다는 듯 여유로운 미소를 지은 채 손을 건넸다. 최윤식이 그의 손을 맞잡았다.

"잘 부탁드립니다."

"저도 잘 부탁드립니다."

영화 촬영에 필요한 최소한의 장비는 세 가지다.

카메라와 마이크, 그리고 조명.

차가 없는 학생의 신분이었기에 들고 옮길 수 있을 정도로 최소화해서 대여하긴 했지만 그래도 셋이 들기는 버거운 양. 지하철을 타고 간신히 짐을 옮긴 세 사람은 그대로 녹초가 되어 뻗었다.

"장비도 왔으니까 내일은 카메라 테스트 한번 해보자."

"예."

"그래. 오늘은 때려죽여도 못 움직이겠다."

세 사람은 그대로 헤어졌고 다음 날이 되었다.

일요일 오전의 한산한 주택가.

놀이터 앞으로 도로가 있었고 그 옆으로는 골목골목 주택들이 들어서 있는 전형적인 주택가의 모습이었다.

그곳에서 강찬과 두 사람이 촬영용 장비를 설치하고 있었다.

"옆으로 30㎝만. 각도는 15도 위로, 아니, 손가락 한 마디 정도만. 그렇지."

강찬의 오더 아래 장비의 설치를 마친 서대호는 열이 오르는지 외투를 벗으며 말했다.

"하이고 덥다."

4월 중순의 햇살은 생각보다 뜨거웠고 무거운 장비를 옮기다 보니 더욱 열이 났다. 서대호 외투를 구석에 두고 있을 때, 강찬이 그에게로 다가가며 말했다.

"이게 뭔 줄 알지?"

"스테디 캠 아냐?"

강찬의 손에 들린 것은 핸들처럼 생긴 장치였다.

스테디 캠.

카메라의 흔들림을 최소한으로 줄여줘, 카메라 감독이 카메라를 들고 움직인다 하더라도 숏 자체를 안정적으로 보이게 만들어주는 장치였다.

"이번 작품까지는 내가 찍겠지만 앞으로는 네가 알아야 할 장치니까 설명해 줄게. 잘 들어."

서대호는 콧김을 세게 뿜으며 고개를 끄덕이더니 그의 설명에 집중했다.

스테디 캠 자체를 다루는 것은 어렵지 않다. 하지만 상황에 맞춰 발을 움직이고 그러면서도 변화하는 숏을 찍기란 쉽지 않다.

가만히 선 채로 핸드폰을 하는 김현우를 모델 삼아 몇 번 찍어보던 서대호는 감을 잡았는지 홀로 연습하기 시작했고 그 사이 강찬은 조명과 마이크를 조절했다.

"할 만해."

카메라와 마이크, 조명과 배우의 연기까지 홀로 조정해야 한다는 것에 머리가 터질 것 같았다.

하지만 강찬의 얼굴에서는 미소가 떠나지 않았다.

사전 작업이 모두 끝났으며 남은 것은 촬영. 그리고 후반 편집 작업뿐. 이제 진짜 시작이었다.

그리고 얼마 지나지 않았을 때, 택시 한 대가 골목 어귀로 들어섰고 세 사람의 시선이 집중되었다.

"왔나 보네."

"누구 불렀어요?"

서대호와 김현우의 문에 집중되었고 그때.

문이 열리며 여진주가 내렸다.

하늘색 후드티에 청바지, 컨버스를 신은 평범한 여고생의 모습이었지만 그녀의 얼굴과 선이 합쳐지자 후광이 비치는 느낌이었다.

"세상에…… 여진주도 오는 거였어요? 왜 미리 말 안 해줬어요?"

김현우가 칭얼거리는 사이, 강찬이 그녀에게 다가갔다.

"안 늦었죠?"

"딱 맞춰 왔어요."

강찬은 망부석처럼 서 있는 두 사람을 가리키며 말을 이었다.

"대호는 전에 봐서 알 거고, 이쪽이 상대 배우 김현우입니다. 나이는 동갑이니 알아서 잘 지내고."

"안녕하세요. 수현이 역을 맡은 여진주라고 해요."

그의 소개에 김현우가 어버버거리며 인사를 받았고 여진주는 어색한 미소를 지었다. 강찬은 굳은 분위기를 풀기 위해 세 사람의 가운데 서며 말했다.

"이제 오늘부터 몇 달간은 봐야 할 사이니까 좀 편해집시다. 나랑 대호가 한 살씩 많으니까 말 놓아도 되죠?"

"예."

"현우랑 진주는 동갑이니까 알아서 편하게 하고."

그의 말에 두 사람의 눈이 마주쳤고 김현우는 또다시 버벅거렸다. 저래서 연기나 할 수 있을는지.

"둘 다 이런 현장은 처음이지?"

여진주는 어릴 적 어머니와 함께 프렌차이즈 아이스크림 매장 CF를 촬영한 적이 있었다. 꽤 반응이 좋은 CF였기에 몇 차례 이어졌었다. 그걸 본 기억이 난 강찬이 물었다.

"아, 진주는 CF 촬영, 해봤었나?"

"그렇긴 한데, 너무 어릴 때여서 시키는 대로만 했던 거라…… 정극 연기는 처음이에요."

그녀의 말에 고개를 끄덕인 강찬이 말을 이었다.

"리허설도 아니고 카메라 테스트니까 너무 긴장하지 마. 필름 값 들어가는 것도 아니니까 NG 내도 상관없고. 원래대로라면 대본 리딩부터 하는 게 맞는데 단편이니까 그냥 바로 시작할게. 궁금한 거 있는 사람?"

그때, 여진주가 손을 들고 물었다.

"오빠도 처음 아니에요?"

"아…… 어. 맞아."

당연히 아니라고 대답하려던 강찬은 말을 이었다.

"책 보고 배웠고 견학도 많이 다녀봐서 아는 거야. 더 궁금한 건?"

아무리 봐도 견학이나 책보다는 실무를 뛰어본 사람의 모습이었다.

마치 CF 촬영장의 현장 감독을 보는 느낌.

여진주 홀로 의아한 표정을 지었다지만 본인이 어깨너머로 배웠다는데 무어라 하겠는가.

"더 없지? 언제라도 궁금한 거 생기면 언제든 물어봐. 그럼 시작하자."

강찬은 카메라 테스트용으로 따로 만든 스토리보드를 그들에게 건넸다. 그러곤 자신이 먼저 카메라의 앞에 섰다.

"진주 년 여기서 시작. 골목 안쪽에서 나오는 수혁을 발견. 눈을 흘김."

여진주가 고개를 끄덕이자 강찬의 시선이 김현우에게로 옮겨 갔다.

"구석에서 담배를 피우고 나오던 수혁, 수현을 발견하고 나지막이 '아, 씨발.'"

두 배우는 대본과 스토리보드, 그리고 강찬의 동선까지 세 개를 한 번에 보느라 눈이 돌아갈 지경이었다.

하지만 한눈에 들어오는 스토리보드와 대본, 그리고 강찬의 친절한 설명까지 더해지자 어렵지 않게 이해할 수 있었다.

"……여기서 테이크가 끝. 바로 다음 테이크에 카메라가 여기서 이렇게 돌 거야. 그럼 수혁이 대사 치고. 두 사람 얼굴 교차 편집. 이건 알 필요 없고. 오늘은 여기까지 해서 한 신, 다섯 컷 찍어볼 건데. 이해 안 되는 사람?"

실제 영화 촬영 현장은 절대 이렇게 돌아가지 않는다.

단편영화인 데다가 모든 배우와 스태프가 초보이기에 감독인 그가 모든 것을 설명하고 있는 것이었다.

게다가 이 사람들은 강찬이 직접 키워보고 싶은 이들.

기본기부터 잘 쌓아둔다는 생각으로 하나씩 하나씩 직접 가르치고 있는 것이었다.

"그럼 가보자. 3에 1에 1. 카메라 롤, 레디…… 액션!"

스테디 캠을 든 강찬이 김현우를 찍기 시작했고 서대호는 반사판으로 그의 얼굴을 비추었다.

카메라가 어색한지 머쓱한 표정을 하고 있던 그는 큼큼, 하는 헛기침을 했다.

그러곤 눈을 감고 심호흡을 하더니.

다시 눈을 떴을 때는, 질풍노도의 시기를 걷는 반항아의 얼굴을 하고 있었다.

김현우는 바닥에 침까지 뱉고선 카메라를 향해 걷기 시작했다. 카메라를 든 강찬은 천천히 움직이며 그의 얼굴을 카메라에 담았다.

'괜찮은데.'

대사나 발성은 몰라도 마스크가 괜찮아서 그런지 그림 자체가 잘 나왔다.

첫 테이크에서 김현우의 연기 내용은 '담배를 피우고 나온 수혁, 골목을 돌아 수현을 발견. 욕과 함께 인상을 찌푸린다'가 전부.

그는 전에 보여주었던 것처럼 무난한 연기를 보여주었고 강찬은 시원한 목소리로 '컷! 오케이!'를 외쳤다.

"꽤 괜찮은데?"

네 사람이 옹기종기 모여 7초짜리 영상을 확인했다. 서대호와 김현우는 입이 찢어질 듯 미소를 지었고 여진주는 놀란 듯 눈을 동그랗게 떴다.

"그럼 다음 컷 가자."

강찬의 말에 서대호는 반사판을, 여진주는 연기를 준비했다.

"3에 2에 1, 카메라 롤, 레디, 액션!"

강찬의 힘찬 목소리에 여진주가 골목길을 걸어오기 시작했다. 다른 조명 없이 반사판 하나 썼을 뿐인데 자체적으로 빛이 나는 것 같은 외모.

만족스러운 미소를 지은 강찬은 얼른 카메라를 쥐었고, 여진주가 카메라에 담긴 순간.

그녀를 처음 보았을 때도 놀라지 않았던 강찬의 입이 떡 벌어졌다.

경직된 발걸음과 어디에 둬야 할지 모르는 손. 방황하는 눈동자와 오물거리는 입.

그것을 본 순간 한눈에 알 수 있었다.

'왜 이렇게 연기를 못해?'

강찬의 앵글 안의 여진주는 그가 아는 톱스타 여진주가 아니었다.

그저 열여덟 살의 여고생일 뿐이었다.

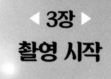

◀ 3장 ▶

촬영 시작

　강찬은 이번 작품을 준비하면서 배우의 연기력에 대해 걱정을 한 적이 없었다.

　김현우야 전부터 보아왔기에 걱정할 정도가 아니라는 것을 알고 있었고 여진주야 존재 자체로 걱정할 것이 없었으니.

　그냥 장비를 사용해 보고 싶었고, 또 배우들의 합이나 맞춰 보자는 느낌이었다.

　'이건 정말 생각도 못 한 문젠데.'

　그녀는 카메라와 눈이 마주치는 것을 피하며 시선 처리조차 하지 못했다. 말 그대로 기본이 안 되어 있는 상황.

　강찬은 최대한 티를 내지 않으며 두 번째 컷을 마쳤고 바로 카메라를 내리며 여진주에게 말했다.

"한 번만 더 가자."

그녀는 알았다고 대답한 뒤 정해진 위치로 돌아갔다.

"3에 2에 2, 레디, 액션!"

그 뒤로 세 번이나 다른 앵글로 촬영을 해본 강찬은 여진주의 문제점에 대해 어느 정도 감을 잡았다.

강찬은 자신의 감을 확신하기 위해 서대호에게 말했다.

"대호야 장비 좀 정리해 줘. 너희는 이리로 오고."

서대호가 장비를 한군데로 모아두는 사이 강찬은 카메라를 가지고 놀이터의 정자로 이동했다.

그의 뒤를 따라온 여진주의 표정에는 걱정이 서려 있었다.

그도 그럴 것이 김현우는 한 번에 오케이 사인이 떨어졌는데 자신은 네 번이나 더 찍고도 오케이가 떨어지지 않았기 때문.

정자에 앉은 강찬은 카메라를 삼각대에 고정한 뒤 말했다.

"신 27, 절정 바로 다음. 대본 봐봐."

두 사람은 각자의 대본을 펴서 보았고 곧 고개를 끄덕였다.

"그 컷 한번 해보자. 일단 드라이 리딩부터."

"……그게 뭔데요?"

"그냥 국어책 읽듯이 대사만 맞춰보는 거. 그러면서 어떤 감정인지 캐릭터 이해도 할 겸."

갑작스러운 지시에도 두 배우는 별다른 반응 없이 그의 말을 따랐다.

"큼큼, 아아. 수혁. 수우혁. 수혀억."

여진주는 연기 레슨을 받은 적이 있는 것인지 발음과 호흡을 조절하며 어떤 감정을 잡아야 하는지 준비했다.

김현우 또한 조금 무거워진 분위기를 느끼며 집중했다.

"내레이션은 내가 해줄게."

두 사람이 동시에 대답하자 강찬이 카메라를 켜며 본격적인 드라이 리딩이 시작되었다.

"신 10, 드라이 리딩. 액션. 패스트푸드점, 감자튀김을 깨작거리던 수현. 핸드폰을 하는 수혁."

"야, 정수혁."

"왜."

"계속 이럴 거야?"

"내가 뭐."

"수현이 수혁의 핸드폰을 향해 손을 뻗는다. 피하는 수혁⋯⋯."

두 사람은 대사를 나누며 캐릭터에 조금씩 몰입하기 시작했고 신 하나가 끝날 때쯤에는 꽤 자연스러운 모습이었다.

"이번엔 진짜 리딩으로 간다. 이번엔 감정 담아서. 똑같은 신으로. 내레이션도 똑같이. 신 10 리딩. 액션."

집중해서 여진주의 연기를 보았지만, 감정을 담은 것도 나쁘지 않았다. 확실히 배운 티가 나는 발성과 딕션, 그리고 풍부

한 감정까지.

'역시 카메라를 정면으로 보는 게 문제구나.'

판단을 내린 강찬은 여진주 쪽으로 몸을 돌리며 말했다.

"진주, 단독 컷 준비해 봐."

여진주의 단독 컷 넘버를 불러준 강찬은 스토리보드와 시나리오를 쓱 훑은 뒤 말을 이었다.

"카메라 보고. 드라이 리딩으로 하면 돼. 신 6에 3컷, 테이크 원. 드라이 리딩. 레디, 액션."

빨간빛이 들어온 카메라와 정면으로 마주한 순간, 그녀의 눈동자가 사정없이 흔들리기 시작했다.

전형적인 카메라 울렁증과 비슷한 증세. 하지만 조금 다르다.

카메라 울렁증은 카메라 앞에 서는 것을 두려워하는 것이다. 카메라를 정면으로 보는 게 아니라.

단순한 리딩이었으나 아까보다 확연히 모자란 연기.

그것을 본 강찬의 머리가 빠르게 돌며 그녀의 대한 정보를 기억해 냈다.

'가족과의 갈등. 그리고 카메라 울렁증이라.'

그녀의 어머니 배혜정은 뛰어난 연기력, 그리고 팔색조 같은 연기 폭으로 많은 사랑을 받았던 배우다.

그런 어머니에게서 연기를 배웠다면, 그리고 와중에 갈등이 있었다면? 그 결과 카메라를 마주 보는 데 있어 트라우마가 생겼다면?

'신빙성 있어.'

강찬은 그녀를 이용해 '우리들'에 대한 이슈를 만들 생각이었다.

대배우 배혜정의 딸. 게다가 고등학교를 졸업할 때까지 연예계 활동을 하지 않겠다던 여진주.

그녀가 선택한 첫 단편이자 비상업 영화.

그것만으로 이슈가 될 것이며 인터넷 기사가 나올 것이 확실했다.

그런 기대를 받는 영화에서 여진주가 기대 이하의 모습을 보인다면?

강찬이 여진주를 선택한 이유가 없어짐은 물론이거니와 영화 자체에 대한 화제성이 여진주에게 밀려 빛이 바랠 수도 있었다.

'그렇게 둘 순 없지.'

앞으로 22년 안에 그는 100억 명의 관객을 모아야 한다.

그 첫 발판이 될 '우리들'에 오점을 남기고 싶지 않았다. 그리고 여진주를 디딤돌 삼아 연예계에서 입지를 넓혀갈 생각이었다.

그 중요한 첫 단추를 잘못 끼울 순 없는 상황.

강찬은 불안한 연기를 이어가고 있는 여진주의 얼굴을 보며 결심했다.

'내 손으로 고친다.'

그 이후로 강찬은 여진주와 김현우에게 여러 연기를 시켰고 그들은 계속해서 여러 연기를 펼쳤다.

그렇게 두 시간.

여진주의 연기 스타일, 덤으로 김현우의 연기 스타일을 전부 파악한 강찬.

천천히 고개를 끄덕인 그는 손을 들어 두 사람의 대사를 끊었다.

"끊어서 미안. 진주야, 잠깐 쉬고 있어. 현우 넌 나 따라와 봐."

마침 간식을 사러 갔던 서대호가 돌아오고 있었다. 강찬은 서대호에게 다가가며 말했다.

"여진주, 고쳐 써야겠다."

"……무슨 기계도 아니고. 그것보다 뭘 고쳐요?"

"걔 카메라 울렁증 있어."

그새를 못 참고 빵 하나를 씹고 있던 서대호가 입을 쩍 벌렸다.

"더러우니까 입 닫고. 지금 와서 여주인공 바꿀 순 없거든? 대체할 인재도 없고. 그리고 심한 것 같지도 않으니까 내가 얘기 좀 해볼게."

"하긴 카메라랑 마주 보면서 연기할 때, 뭔가 이상하긴 했어요."

그제야 감이 잡히는지 김현우가 고개를 끄덕였고 서대호는 입을 닫은 채 빵을 씹었다.

"그럼 저희 먼저 들어갈까요?"

"응. 장비는 대호 집에 두기로 했으니까 좀 부탁할게. 카메라랑 카메라 보조 장비들은 내가 챙길 거니까 그냥 두고."

"예."

"그래."

평소라면 여진주와 잘해보려 하는 것이냐며 농담을 던졌겠지만 그러기에는 분위기가 너무 달랐다.

촬영장에서의 강찬은 학교에서의 강찬이 아닌, 진짜 감독 같은 분위기를 풍겼다.

언제 공부한 것인지 전문적인 단어를 사용하며 매서운 눈으로 연기를 살피고 장비를 움직였다.

게다가 여진주가 무언가 이상하다는 것도 느꼈으니 두 사람이 별말 없이 수긍한 것이었다.

두 사람이 강찬에게 고생하라는 인사를 하고 지나려 할 때, 강찬이 말했다.

"아, 현우야. 오늘 연기 좋더라. 앞으로 오늘처럼만 하면 될 거 같아. 대본 외우는 거 잊지 말고. 내일 찍을 분량 어딘지 알지?"

"그럼요."

연기 칭찬에 기분이 좋아진 김현우가 실실 웃었고 강찬이 말을 이었다.

"대호, 너도 좀 부탁할게. 오늘 조명 설치하는 거 보니까 공부 많이 하고 있는 것 같던데 앞으로도 잘 부탁한다."

"고럼! 나만 믿어. 아, 그럼 이거 진주랑 나눠 먹어."

서대호는 사 온 간식을 강찬에게 건네며 미소를 지었다. 강찬 또한 마주 웃어 보이며 잘 들어가라는 인사를 건넸다.

그렇게 두 사람을 보낸 강찬은 정자를 바라보며 생각에 잠겼다.

'일단 여진주 속에 있는 이야기를 꺼내야 해.'

강찬의 생각대로 여진주를 고쳐 쓰기 위해서는 일단 그녀가 자신에게 마음을 열어야 했다.

'생각을 해보자.'

그렇게 1분여.

꽤 만족스러운 시나리오를 짜낸 강찬은 희미한 미소를 지은 뒤 정자를 향해 걸음을 옮기기 시작했다.

여진주는 대본을 읽고 있다가 강찬이 오는 것을 보며 물었다.

"현우랑 대호 오빠는요?"

"먼저 보냈어. 할 얘기가 있어서."

"제 연기 때문이죠?"

눈치가 빠르다. 굳이 돌려 말할 필요도 없기에 고개를 끄덕인 강찬은 거치된 카메라를 분리해 가져왔다.

"이거 봐봐."

강찬은 그녀가 오늘 연기했던 장면을 주르륵 보여주었고 여진주는 금세 집중하며 자신의 연기를 보았다.

"어때?"

"예?"

"어떠냐고, 네 연기."

"이상해요."

"어느 점이?"

"뭐랄까, 어색하다 해야 하나. 상대역이 있으면 몰입이 돼서 그런지 좀 괜찮아 보이는데 카메라를 보고 할 때는……."

그녀가 말끝을 흐리자 강찬이 바로 말을 받았다.

"그나마 다행이네."

"예?"

"네가 네 문제점을 알고 있잖아. 너 카메라 보고 연기할 때 카메라를 무서워하는 것 같아 보이는 게 문제야."

강찬은 빙 둘러 말할 생각이 없었기에 직구를 던졌고 여진주는 입술을 씹었다.

그녀의 표정에서 분함과 부끄러움, 그리고 억울함을 느낀 강찬은 짧게 숨을 들이쉬었다.

감독은 배우에게서 자신이 원하는 감정을 뽑아내야 한다.

강찬은 감정적인 면을 부각하는 것을 특히나 좋아하는 감독이었다.

그렇기에 사람의 얼굴을 보고 감정을 캐치하는 데는 도가 튼 터.

'억울함이라.'

짧은 시간에 생각을 마친 강찬이 말을 이었다.

"카메라 보고 대사 하는 부분 기억하지. 카메라 말고 나 보고 해봐."

의아한 표정을 지은 여진주는 숨을 들이쉰 후 감정을 잡았다. 그러곤 강찬을 보며 연기를 시작했다.

눈을 마주치고 연기하는 것이 불편한지 처음에는 불편해하던 그녀였지만 이내 안정된 톤과 표정으로 연기를 마쳤다.

"잘하네. 따로 연기 레슨받은 적 있어?"

"엄마한테 매주 받았었어요."

"왜 과거형이야?"

"고등학교 들어오면서부터 때려치웠거든요."

'옳지.'

대화가 시나리오대로 흘러가는 것을 느낀 강찬은 서대호가 사 온 간식 봉투를 집으며 물었다.

"뭐 좀 마실래?"

"녹차 같은 거 있어요?"

강찬은 알로에 캔을 하나 따서 건네며 물었다.

"때려치웠다고?"

"예. 적성에 안 맞아요."

"연기가?"

캔을 받아 든 그녀는 고맙다는 인사를 한 뒤 알로에 캔을 벌컥벌컥 마셨다. 상당히 목이 말랐는지 한 캔을 그대로 들이켠 그녀가 말을 이었다.

"아뇨. 엄마랑."

생각지도 못한 대답에 헛웃음을 흘리자 그녀 또한 미소를 지으며 말을 이었다.

"우리 엄마 너무 까다로워요. 내가 무슨 대배우가 되겠다고 말한 것도 아닌데 맨날 카메라 들이대면서 연기시키고. 무슨 감정이 중요하다면서 벽 보고 울게 하고. 가끔은 엄만지 계몬 지 헷갈렸다니까요."

'우리들'의 시나리오를 보고 강찬 또한 비슷한 고민을 하고 있을 거라 생각한 것일까.

어쩌면 이런 이야기를 나눌 친구가 없었을지도 모른다.

여진주 나이 또래의 친구들이야 그녀의 외모나 집안 같은 외적인 것을 보기 바쁠 터. 동질감이 느껴지는 이에게 더욱 쉽게 마음을 여는 그녀의 심리를 이해할 수 있었다.

여진주는 친구에게 하소연하듯 말을 이어갔다.

"전 아이돌이 하고 싶은데, 엄마는 자기 기준에 합격 못 하면 데뷔도 안 시켜주겠대요. 제가 연기는 이래도 춤이랑 노래는 좀 되거든요. 비주얼이야 뭐 말할 것도 없고."

외모는 연예인이 가진 가장 큰 무기다. 자신이 얼마나 아름다운 줄을 알고 그것을 이용하는 것 또한 능력.

그런 면에서 여진주는 벌써 탁월했다.

"그래서 고등학교 졸업한 뒤에 데뷔하겠다고 한 거구나."

"미성년자는 데뷔하려면 부모 동의가 필요하니까요. 아시네요?"

"어쩌다 보니. 그래서 카메라가 무서운 거고?"

"뭐, 그렇죠. 혹시 제가 출연한 CF 아세요?"

"그 아이스크림?"

"맞아요. 사실 그거 찍으면서 엄청 울었었거든요. 하기 싫다고. 근데 엄마는 억지로 날 웃게 만들었어요. 그때부터 연기교습을 받기 시작했는데……."

여진주는 감정이 격해진 건지 코끝을 문질렀고 강찬이 그녀의 말을 받았다.

"그 뒤로 어머니가 자꾸 연기 연습을 시키니까 더 싫어졌겠네."

"그렇죠."

한바탕 말을 쏟아낸 여진주는 이제야 부끄러워졌는지 쥐고 있던 알로에 캔을 내려놓으며 말했다.

"오빠는요?"

"나 뭐."

"왜 영화감독이 되고 싶어요?"

자신의 이야기만 하긴 억울하다는 듯, 여진주가 그의 얼굴을 빤히 보며 물었다.

"100억 명이 내 영화를 보게 하는 게 꿈이거든."

"……100억 명이요?"

"응."

"내가 알기론 전 세계 인구가 60억인데. 그 사람 중 절반이 두 번은 봐야 하는 숫자네요."

"누적으로 치면 되지. 정확히 말하자면 티켓 판매량 백억 장."

"천만 영화 천 편이면 되네. 간단한데요?"

그녀의 능청에 미소를 흘린 강찬은 과자봉지를 꺼내 그녀 앞에 펼쳐주었다. 여진주는 감사 인사와 함께 과자 하나를 집어 먹으며 말을 이었다.

"근데 그건 왜가 아니라 목표 아니에요?"

"생각보다 날카롭네."

"하, 이 오빠가?"

여진주가 도끼눈을 뜨자 강찬은 하하, 웃었다.

"아버지가 시인 겸 영화감독이셨거든. 천천히 흐르는 강물 같은 영화를 만드셨어. 난 그걸 보며 자랐고. 그러다 보니 자연스럽게 나만의 이야기가 만들고 싶더라고."

"아하, 저도 비슷해요. 엄마가 출연한 옛날 영화를 보다 보니까, 저런 사람이 되고 싶다…… 하는 생각이 문득 들더라고요."

"넌 아이돌 한다며."

여진주가 카메라의 렌즈를 향해 시선을 흘기며 답했다.

"뭐 아이돌 수명 끝날 때쯤이면 연기도 할 수 있겠죠."

그녀가 아이돌이 된 계기가 여기 있었다.

과거, 그녀는 결국 어머니와 화해를 하지 못했고 고등학교를 졸업하자마자 소속사에 들어가 아이돌이 된 것이었다.

원래 의도했던 시나리오대로 대화가 흘러갔고 강찬은 원했던 것을 모두 얻었다. 그녀가 왜 카메라를 무서워하는지, 갈등의 정체는 무엇인지.

그녀와 친해진 것은 덤이었고.

강찬이 생각을 정리하는 사이, 여진주가 물어왔다.

"오빠는 안 궁금하세요?"

"뭐가?"

"제가 왜 캐스팅 제의를 받아들였는지."

"내가 알아야 하는 거면 언젠가 네가 말해줄 거고, 말하기 싫으면 굳이 긁어 부스럼 만들 필요 없잖아."

그의 대답에 여진주가 입을 벌렸다.

"그렇게 안 봤는데 엄청 냉정하시네요."

"근데 그건 왜? 말해줄 이유라도 생겼어?"

"방금 없어졌어요."

고개를 돌린 그녀를 보며 실소를 흘린 강찬은 시나리오를 보고 어머니와의 관계가 떠올라 그랬겠지, 라는 말을 삼켰다.

그리고 그 순간, 강찬의 머릿속에 아이디어가 번뜩였다.

"진주야, 너 핸드폰에 어머니 사진 있어?"

"있긴 한데 왜요?"

"보여줘 봐."

여진주는 강찬의 갑작스러운 행동에 당황하면서도 호기심이 이는지 폴더폰 액정에 어머니의 사진을 띄워주며 말했다.

"우리 엄마 인터넷 검색하면 나오는데."

강찬은 그녀의 말을 뒤로한 채 폴더폰을 카메라의 위에 올렸다. 그러자 그녀 어머니의 얼굴이 카메라 위에 둥둥 떠 있는 모양새가 되었다.

그것을 본 여진주가 웃으며 물었다.

"하하하, 뭐예요."

"평소에 어머니께 하고 싶었는데, 못 했던 말 있지?"

"그야 그렇죠."

여진주가 카메라 위에 있는 어머니의 얼굴을 보며 고개를 끄덕였다.

"카메라 보고 한번 해볼래?"

생각에 빠진 듯, 어머니의 사진을 응시하던 그녀는 이내 고개를 끄덕이며 말했다.

"해볼게요."

강찬이 카메라를 켜고 물러서자 여진주가 연기를 할 때처럼 불안한 목소리로 입을 열었다.

"저는 엄마의 인형이 아니에요."

응어리진 감정을 한 올씩 풀어가듯 천천히 이야기하던 그녀의 목소리가 차츰 안정되었다.

진심이 담긴 목소리는 카메라가 아닌, 그녀의 어머니를 향했다.

거슬리지 않도록 그녀의 시야에서 벗어난 강찬은 팔짱을 낀 채 그 모습을 바라보았다.

'저 모습이지.'

배우 여진주의 진가는 그 배역에 녹아든다는 것에 있었다.

맡은 배역에 빠져들어 영화 촬영이 끝난 뒤에 정신과 치료를 받을 정도로 몰입하던 그녀.

그랬던 배우 여진주의 모습이 열여덟 여진주의 얼굴에서 느껴지고 있었다.

그 뒤로 30분이 넘는 시간 동안 여진주의 독백이 이어졌다.

차분했다가, 화를 내기도 하고, 어떨 땐 울기도 했다. 그런데도 그녀의 독백은 계속되었고 종국에 이르러서는 차분해진 목소리로 응어리를 풀어내고 있었다.

'됐구나.'

그녀가 가지고 있던 연기에 대한 두려움이 사라졌다.

이제 한 발 내디뎠을 뿐이지만 그게 제일 중요했던 시점. 이제부터 여진주는 열여덟 여고생이 아닌 톱스타 배우로서의 길을 걷게 될 것이었다.

미소를 지은 채 그녀의 뒤를 바라보던 강찬은 그녀의 감정이 진정될 때까지 기다렸고, 얼마 지나지 않아 여진주가 몸을 돌려 그를 바라보았다.

"괜찮아?"

"확실히 후련해진 기분이에요."

"다행이네. 영상 한 번 볼래?"

"부끄러우니까 그냥 지워주세요."

"혹시 알아? 나중에 또 보고 싶을지."

여진주는 고개를 휘휘 저으며 강렬히 거부했지만, 강찬은 지워줄 생각이 없었다.

악동 같은 미소를 지은 강찬이 그녀를 바라보며 말을 이었다.

"카메라를 보고 연기할 때, 어머니를 떠올려 봐. 무서운 게 아니라, 넘어서야 하는 벽으로. '우리들'이 그런 영화잖아? 세대 차이로 인한 소통의 부재, 서로 이해하려 하지 않는 것으로 인해 생기는 갈등."

여진주는 대답 대신 카메라 렌즈 위, 어머니의 얼굴을 바라보았고 강찬은 시나리오의 종지부를 찍었다.

"이 영화로 어머니께 말하는 거야. 내가, 당신의 딸 여진주가 이만큼 성장했다고. 말이 아니라 직접, 연기로 보여주는 거지."

그의 말을 곱씹듯 천천히 고개를 주억인 여진주는 곧 강찬을 바라보았다. 그러곤 그와 눈을 맞추며 말했다.

"할 수 있을 거 같아요."

강찬이 고개를 끄덕이기도 전, 여진주는 주먹을 꾹 쥐며 다시 말했다.

"아니, 할게요. 해낼 거예요."

오후 9시, 남천고등학교의 빈 교실.

강찬과 서대호, 그리고 두 배우와 영화부 고문 백혜선이 모여 있었다.

크랭크인 직전, 서대호는 장비를 마지막으로 점검하고 있었고 김현우는 백혜선에게 메이크업을 받고 있었다.

그사이 여진주가 강찬에게 다가와 말했다.

"어제 고마웠어요."

"그래."

"사실 엄마한테 말도 안 하고 영화 출연 결정한 거였거든요. 근데 어제 엄마가 물어보더라고요. 왜 이렇게 늦게 오냐고. 그래서 시원하게 질렀어요."

"질렀다고?"

"네. 어제 카메라 보고 한 것처럼. 그간 쌓아왔던 이야기랑 영화 얘기 다 했어요."

이렇게까지 빠르게 결착이 날 줄은 몰랐는데. 그래도 여진주가 대본을 들고 촬영장에 온 것을 보면 이야기가 나쁜 쪽으로 진행된 건 아닐 터.

강찬이 물었다.

"그러니까 뭐라셔?"

"제가 그렇게까지 생각하고 있다면, 한번 해보래요."

"잘됐네."

"고마워요."

"방금 인사했으면서 뭘 또. 그럼 더 잘해야겠네?"

"그럼요."

여진주는 꾸벅 고개를 숙여 인사한 뒤 촬영 준비를 위해 돌아갔다.

'그럼 여진주 문제는 끝이구나.'

이제 정말, 모든 문제가 해결된 것이다. 짧은 숨을 토한 강찬은 들고 있던 시나리오로 박수를 치며 말했다.

"그럼 시작합시다."

카메라를 고정한 강찬은 조명과 마이크, 그리고 음향장치를 조율한 뒤 두 배우를 바라보았다.

"2에 1에 1. 카메라 롤, 오디오 온, 조명 오케이. 레디…… 액션!"

원래대로라면 카메라 감독, 오디오 감독, 그리고 조명 감독이 레디 사인을 보낸 뒤 감독이 액션 사인을 내려야겠지만, 스태프라고는 서대호 하나인 상황.

그런 서대호도 슬레이터를 쳐야 하니 결국 모든 것을 확인하는 건 강찬의 역할이었다.

강찬의 액션 사인과 동시에 서대호가 슬레이터를 치고 빠졌고 곧바로 두 배우의 연기가 시작되었다.

이어폰을 꽂은 채 잠들어 있는 수혁을 깨우는 수현, 그리고 두 사람의 대사가 이어졌다.

'훨씬 낫네.'

여진주의 연기가 어제보다 나아져 있었다.

어젯밤 어머니와 대화를 하느라 한숨도 못 잔 것인지 다크서클이 짙어져 있었지만, 표정과 행동에 있어서 훨씬 자연스러웠다.

'이러면 현우가 죽는데.'

짐을 벗어 던진 여진주가 활개를 치니 경험이 없는 현우의 연기가 상대적으로 볼품없이 느껴졌다.

하지만 강찬은 컷을 끊지 않은 채 진행했고 첫 컷의 촬영이 끝나고 나서야 말했다.

"컷. 둘 다 이리 와봐."

두 사람이 카메라의 앞으로 오자 강찬은 방금 찍은 것을 재생하며 말했다.

"진주는 확실히 나아졌어. 현우 너도 보이지?"

그의 물음에 김현우가 고개를 끄덕였다. 어젯밤, 자신들이 돌아가고 무슨 일이 있었는지 몰라도 큰 변화가 찾아온 것은 분명했다.

마치 어제 못했던 것이 연기였던 것 같았다. 오늘의 여진주는 김현우의 눈에도 확실히 달라져 있었으니.

"근데 현우는 어제보다 긴장한 것 같네. 긴장 풀고."

"네."

"여기 봐봐. 진주가 현우 깨울 때, 얼굴 보여?"

"예."

"넌 양아치야. 가정환경 때문에 누가 자신에게 간섭하는 게 제일 싫은 양아치. 그런 사람이 자고 있는데 누가 깨우면 어떻게 반응할 거 같아?"

"짜증 내겠죠?"

"지문에도 그렇게 쓰여 있지?"

"예."

"근데 넌 왜 진주 얼굴을 보고 놀라고 있어."

김현우의 시선이 여진주에게로 향하며 아니, 하고 말문을 텄다. 그러자 강찬이 김현우의 말을 잘라먹으며 말을 이었다.

"아니긴 뭐가 아니야. 진주가 연기하는 수현이는 쌍둥이 누나야. 누가 네 누나보고 예쁘다 하면, '미친놈들, 눈은 장식이지' 하고 대답하는 놈이라고. 그런 누나를 예쁘다고 보고 있으면 되겠냐."

현우는 부끄러운지 머리를 벅벅 긁었고 여진주는 미소를 지었다. 그사이 강찬이 말을 이었다.

"진주를 네 친누나라 생각해 봐. 너 누나 있지 않아?"

"있죠."

"그 누나한테 말한다고 생각하면서 연기해 봐. 그러니까…… 아니다."

"예?"

돌아오기 전, 강찬은 배우들에게 직접 연기를 보여주는 것을 선호했다.

자신이 원하는 감정을 직접 보여주는 게 훨씬 직관적이고 빨리 이해시킬 수 있었으니.

문제는 강찬이 연기를 더럽게 못 한다는 것.

하지만 배우들이 괜히 배우가 아니다.

강찬의 발연기를 보고서도 대충 어떤 감정, 그리고 구도를 원하는지 캐치할 수 있으니 배우다.

자신의 연기 실력을 떠올린 강찬은 짧은 한숨을 쉰 뒤 말했다.

"일단 봐봐."

"예?"

"원하는 구도와 표정. 직접 보여주는 게 빠를 거 같으니까 보라고. 그리고 나 연기 못하니까 웃지 말고."

말을 마친 강찬은 직접 카메라 앵글 안으로 들어가며 말했다.

"대호야, 내가 연기해 볼 테니까 네가 카메라 좀 돌려줘. 내가 수혁이 역, 진주는 수현이 역 해줄 수 있지?"

"그럼요."

그의 말에 두 사람이 부지런히 움직였다. 강찬은 살짝 떨리는 가슴을 진정시키며 대본을 떠올렸다.

"대호야, 액션 사인."

"아, 어. 카메라, 오디오, 조명 온. 레디 액션."

서대호가 어색하게 액션 사인을 내리고 카메라에 불이 들어오자 여진주가 연기를 시작했다.

여진주의 손이 그의 어깨를 흔들었고 강찬은 짜증이 섞인 표정으로 고개를 들었다.

그러곤 자신을 깨운 존재가 여진주라는 것을 보자마자 짧은 한숨을 쉬었고 동시에 못 볼 것을 봤다는 얼굴로 다시 엎드렸다.

여진주 또한 짜증이 난다는 표정으로 그의 이어폰을 빼버렸고, 결국 강찬이 몸을 들었다.

그의 얼굴에는 짜증과 화, 그리고 귀찮다는 감정이 가득히 배어나고 있었다.

뿐만 아니라 여진주와 눈도 마주치지 않는 모습을 보여주며 그들의 사이가 좋지 않다는 것을 단번에 표현하고 있었다.

"뭐."

"사람이 전화를 하면 좀 받아."

"아, 뭔데."

자신을 정말로 싫어하는 듯한 강찬의 연기에 여진주의 미간도 찌푸려졌다.

그러자 여진주의 목소리 또한 사이가 좋지 않은 남동생을 대하는 톤이 되었고 훨씬 자연스러운 컷이 완성되었다.

"찬이 연기도 배웠니?"

서대호와 함께 카메라를 보고 있던 백혜선이 서대호에게 물었다.

"아뇨."

"그럼 누나 있어?"

"쟤 외동아들이에요."

"근데 저런 감정이 나온다고?"

"그러게요. 찬이 연기하는 거 처음 보는데 꽤 하네요."

두 사람은 그저 놀란 목소리였지만 김현우는 넋이 빠진 듯한 얼굴로 강찬의 연기를 보고 있었다.

한 컷을 통째로 연기한 강찬은 스스로 컷을 외쳤다. 그러곤 녹화본을 확인하기 위해 카메라로 돌아왔을 때, 김현우가 그에게 물었다.

"형, 연기 못한다면서요."

"못하잖아."

그의 대답에 김현우는 어이가 없다는 듯, 실소를 흘리며 말을 이었다.

"내가 우리 누나 보는 눈으로 진주를 보던데."

"칭찬으로 들을게."

김현우의 칭찬을 놀림으로 들은 강찬은 짧은 한숨을 토하며 카메라를 조작했다.

곧 그의 연기가 재생되었고 김현우에게 설명을 하려던 때, 강찬의 눈이 커졌다.

'……이게 나라고?'

"와, 화면으로 보니까 더 사는데. 형 진주 진짜 싫어하는 거 같아요."

"그러게. 역시 감독이라 그런가? 어떤 구도에서 어떤 표정을 지어야 하는지를 알고 있어."

"현우보다 나은데?"

"아까 연기 못한다 했던 거, 기만이었어."

서대호의 말에 김현우가 입술을 비죽였지만 뭘 모르는 자신의 눈에도 그렇게 보였기에 별다른 말을 하지 못했다.

그 뒤로도 몇 마디 칭찬이 이어졌지만, 강찬의 귀에는 들리지 않았다.

'이거 뭐야.'

화면 속 강찬은 자신이 알던 강찬이 아니었다.

연기를 할 때는 몰랐다.

그저 수혁이라는 캐릭터를 자신이 쓴 것이니 몰입이 잘된다 생각했을 뿐이었는데.

화면에서의 강찬은 정수혁 그 자체.

자신이 쓴 시나리오 속 수혁이 직접 튀어나온 듯, 자신이 원하는 감정을 제대로 소화해 내고 있었다.

꿈에나 그리던 뮤즈가 화면 속에서 자신을 위해 연기를 해 주는 느낌.

믿기지 않는 현실에 녹화본을 몇 번이나 돌려본 강찬의 머릿속에 빛이 번뜩였다.

'그림 실력……'

돌아온 후, 네 살배기 아이의 실력이라 해도 믿을 법했던 강찬의 그림 실력은 어지간한 만화 작가만큼 일취월장했다.

'그거랑 비슷한 건가?'

연기 또한 그랬다.

돌아오기 전이 반딧불이라면 지금은 태양이었다. 이런 연기력을 가진 배우가 있다면 당장에라도 캐스팅하고 싶을 정도로.

'능력도 투자인 건가.'

시간을 되돌리고 그에게 능력을 주는 것. 그게 전부 그녀에게는 투자일 수도 있다는 생각이 들었다.

그러자 복잡했던 머리가 단박에 정리되었고 한결 홀가분해진 표정의 강찬이 천천히 고개를 끄덕였다.

"오빠 연기 잘하시네요. 그래서 그런 조언도 해줄 수 있던 건가?"

"그런 조언?"

강찬과 여진주 사이에 있었던 대화를 모르는 서대호가 물어왔지만, 그녀는 미소로 대답을 피했다.

"현우야, 봤지?"

"예. 엄청 잘하시던데."

"내가 연기를 잘하고 못하고가 중요한 게 아니라, 내가 어떤 걸 원하는지 봤냐고."

강찬의 연기를 떠올리는 듯 눈동자를 굴리던 김현우가 고개를 끄덕이며 말했다.

"일단 해볼게요."

"그래. 그럼 다시 시작하자."

"잠깐만."

강찬이 촬영을 재개하려 할 때, 백혜선이 끼어들며 말했다.

"애들 화장 좀 고치자."

배우들을 화장시켜 줄 사람을 구할 수 없었던 강찬은 백혜선에게 그 역할을 부탁했다.

과거 극단에서 활약했던 그녀는 촬영 화장을 어떻게 해야 하는지를 알고 있었기에 흔쾌히 수락했고 강찬 사단과 함께 일을 하게 된 것이었다.

화장이 끝나자 촬영이 재개되었다.

강찬의 연기를 본 탓일까.

김현우의 연기가 훨씬 부드러워져 있었다. 한눈에 보일 만한 실력 차이는 아니었지만, 전보다 노력하고 있다는 게 확실히 보였다.

연기에 자신감이 붙은 강찬은 두 사람이 헤맬 때마다 나서서 연기를 보여주었고 두 배우는 그의 감정을 빠르게 캐치해 자신의 것으로 만들고 있었다.

각자가 맡은 배역에 몰입할수록 연기의 질이 높아지고 있었다. 화기애애한 분위기 속 로케이션을 옮겨가며 촬영이 이어졌고 오후 11시가 되어서야 첫 촬영이 마무리되었다.

그 뒤로 2주.

강찬은 잠도 줄여가며 촬영과 수정, 그리고 편집에 매달렸다.

모든 작업을 홀로 하려다 보니 하루 24시간이 모자랐고 그러다 보니 별의별 핑계를 대며 학교를 빠지는 일도 비일비재해졌다.

5월 첫째 주 금요일.

"다음 주부터 하복 착용 가능하니까 알아두고. 강찬."

시나리오를 수정하며 '야'와 '정수혁' 중 어떤 대사가 나을까, 하는 고민을 하고 있던 강찬은 그의 목소릴 듣지 못했고, 결국 최선학이 소리를 질렀다.

"강찬!"

"예?"

"교무실로 따라와!"

최선학의 표정과 목소리, 태도를 본 강찬은 올 것이 왔음을 느꼈다.

그간 최선학과 대화를 해서 풀지 않고, 핑계를 대며 학교를 빠진 것에는 이유가 있었다.

최선학.

선생이라는 직위를 이용해 학생들의 자존감을 갉아먹고 돈으로 학생을 판단하는 선생. 게다가 자신의 알량한 경험으로 다른 이의 인생을 재단하며 깎아내리는 것을 즐기는 이였다.

어지간한 선생이었다면 강찬이 먼저 물꼬를 트고 협상을 했겠지만, 최선학은 말이 통할 상대가 아니었다.

그렇기에 최선학이 먼저 폭발하기까지 기다린 것이었다.

그가 원하는 결과를 얻어내기 위해서.

녹음기를 품에 넣은 강찬이 최선학의 뒤를 따라 교무실로 향했다.

3학년 교무실 안. 쉬는 시간이었기에 많은 선생이 수업 준비를 하거나 잠깐의 여유를 즐기고 있었다.

최선학의 자리는 개중에서도 가장 구석.

톡 튀어나온 턱과 그 옆에 붙은 턱살, 뭉툭한 주먹코. 거기에 일명 '술톤'이라 불리는 붉은 피부까지 가진 최선학.

그가 자리에 앉아 출석부를 펴며 말했다.

"요 2주 동안 학교 나온 게 5일. 장염, 감기, 할머니 병원, 지방 친척 결혼식…… 아주 바쁘게도 다니셨어. 응?"

최선학은 출석부를 덮은 뒤 지시봉을 들어 자신의 손바닥을 툭툭 치며 말을 이었다.

"이게 사실이면 별 상관이 없거든. 근데 다른 말이 돌아. 여자 꼬시려고 여고까지 갔다면서? 게다가 뭐? 영화? 그것도 있는 집 자식들이나 찍는 거야."

아직 원하는 타이밍이 오지 않았기에 강찬은 묵묵히 그의
말을 들으며 참았다.

"네가 무슨 대단한 영화감독이라도 될 수 있을 거라고 생각
해? 내가 아까 말했지? 영화 찍는 거 돈 엄청 들어. 인맥도 중
요하고, 뭐 또 배우? 그 사람들이 공짜로 너랑 일해준다디? 네
가 공부를 잘해, 아니면 집에 돈이 있어?"

영화 만드는 거에 네가 잘 알까, 내가 잘 알까. 속으로 물은
그는 헛웃음이 나오는 것을 참으며 힐끗 주변을 보았다.

어느새 커진 목소리에 주변 사람들의 시선이 몰리고 있는
상황.

그리고 수업 종이 칠 때까지는 5분이 남았다.

"너희 부모님…… 아니지. 어머님은 네가 이러고 다니는 거
아시냐? 응? 어머니 혼자서 힘들게 너 키우고 계신 데, 공부를
안 할 거면 기술이라도 배워서 효도해야 할 거 아니냐. 네가
할 수 있을 것 같아?"

수업 종이 치기까지 남은 시간은 3분.

최선학의 목소리와 주변의 시선. 시간까지 모든 것이 맞아
떨어지며 타이밍이 되었다고 느낀 순간.

강찬이 최선학의 눈을 정면으로 바라보며 입을 열었다.

"되면요?"

"뭐?"

어린아이의 치기라 생각한 최선학은 크게 웃었고 그 덕에 관심이 없던 사람들의 이목까지 쏠렸다.

"저는 미래 단편영화제의 대상을 노리고 있습니다."

"네가? 공부도 안 하고, 맨날 처 자기 바쁜 놈이?"

"예. 그 강찬이 말입니다. 그래서 제가 해내면 어떻게 하시겠습니까?"

"단편제 대상이 뉘 집 개 이름인 줄 알아? 네가 지금 어려서 그러는데……"

"제가 물은 건 그게 아닙니다. 어떻게 하실 건지를 물었습니다. 강찬이라는 사람을 무시하고 비하한 것. 공개된 공간인 교무실에서 어머니를 욕보이신 것. 나아가 홀어머니라는 점을 강조하며 저의 자존감을 깎아내리려 한 것까지. 전부 사과하시겠습니까?"

질문을 하는 강찬의 눈과 목소리에 힘이 실렸고, 최선학의 얼굴에는 당황이 서렸다.

"내…… 내가 언제 그런 소리를 했어?"

그의 물음에 강찬은 품에서 녹음기를 꺼냈다.

그러곤 재생 버튼을 누르자 방금 최선학이 말했던 것들이 그대로 흘러나왔고, 다른 이들의 귀에까지 들어갔다.

안 그래도 붉은 얼굴이 터질 듯 달아오른 최선학은 녹음기를 빼앗기 위해 손을 뻗었다.

하지만 강찬은 예상이라도 한 듯, 한 걸음 물러서며 그의 손을 피했다.

"부끄러운 건 아시나 봅니다."

"너, 이 새끼!"

분노한 최선학이 지시봉을 높이 들었다. 당장에라도 강찬을 후려칠 것 같은 상황. 하지만 강찬은 꿈쩍도 하지 않은 채 주변을 가리켰다.

덩달아 최선학의 시선도 주변으로 향했고, 주변의 시선을 마주했다.

"이렇게 하죠. 만약에 대상을 타지 못한다면 그땐 선생님 마음대로 하십쇼. 자퇴하라 말씀하시면 자퇴하겠습니다."

자퇴라는 단어가 마음에 들었던 것일까, 분노가 가득하던 그의 눈에 비웃음이 서렸다.

강찬은 그가 반 이상 넘어왔음을 느끼고 마지막 말을 덧붙였다.

"대신 제가 대상을 탄다면, 그때는 사과하실 겁니까?"

강찬의 말이 끝나기도 전, 최선학이 지시봉으로 그의 얼굴을 가리키며 말했다.

"오냐. 네 말대로 해주마. 대상을 못 타면 자퇴다. 알겠어?"

최선학의 입에서 자퇴라는 말이 나오자 그들을 지켜보고 있던 선생 하나가 사이로 끼어들며 말했다.

"최 선생님, 고정하세요. 찬아, 너도 그렇게 말하면 안 되지."

이미 들어야 할 말은 다 들은 상황.

강찬은 불이 들어온 녹음기를 살랑살랑 흔들며 모든 대화 내용이 녹음되었음을 보여준 뒤 대답했다.

"그럼 발표날 찾아뵙겠습니다."

말을 마친 강찬은 그대로 뒤로 돌아 교무실을 나갔고 그와 동시에 수업 종이 울리며 수업이 시작되었음을 알렸다.

강찬이 교무실을 나오자 따개비처럼 창문에 붙어 있던 학생들이 우르르 물러났다.

강찬은 그들의 수군거림을 뒤로한 채 교실로 돌아갔다.

교실로 돌아오자 꼬리에 불이 붙은 망아지 같은 모습의 서대호가 그에게 달려오며 물었다.

"어떻게 됐어?"

"이제 최선학 눈치 안 봐도 된다."

강찬의 말에 서대호는 세상이 무너진 듯한 표정을 지었다.

"무슨 소리야? 학교 안 나와도 된다고? 설마…… 퇴학은 아니지?"

"퇴학 그렇게 쉽게 안 당해, 인마. 내기했어."

내기의 내용을 들은 서대호는 멍한 얼굴을 했다가 강찬의 어깨를 붙잡으며 물었다.

"찬아, 너 대상 받을 수 있는 거 확실하지?"

"너라니, 우리지."

"으아, 으어……."

새끼 잃은 어미 고래 같은 이상한 소리를 내던 서대호는 될까? 할 수 있다. 아냐…… 하며 자기 자신과의 싸움을 시작했다.

그의 모습에 헛웃음을 흘린 강찬은 가방을 싼 뒤 교실을 떠났다.

이제 출결은 신경 쓰지 않아도 된다.

앞으로 그가 할 일은 남은 시간 전부를 '우리들'에 투자해 대상을 받는 것.

강찬이 교실을 나서 교문을 나서고 있을 때, 어느새 따라온 서대호가 숨을 헐떡이며 말했다.

"찬아, 나 너만 믿는다."

그는 대답 대신 미소를 흘렸고, 그 모습에 서대호는 이젠 모르겠다는 말과 함께 긴 한숨을 쉬었다.

교무실 사건 이후, 5월의 첫째 주.

'안주할 때가 아니다.'

그전에 없던 그림과 연기에 대한 능력이 생겼다 한들 대상을 받는 게 아니다. 그것들은 영화에 대한 집중력을 높여줄 수 있는 수단일 뿐.

감독인 강찬이 해야 할 일은 전혀 다른 분야다.

극단의 스케줄을 모두 마친 최윤식이 참가함과 동시에 촬영장의 분위기가 변했다.

배우들의 멘탈을 케어하며 당근을 내어주는 존재는 최윤식 하나로 충분하다. 그를 캐스팅한 이유가 그것이기도 했고.

"NG!"

모자란 점을 채워주며 모두와 함께 나아가고자 했던 생각이 안일했던 것이다.

고등학생이며 아직 입봉도 못 한 감독.

그런 강찬이 미래 단편제에서 대상을 받는 것은 첫걸음일 뿐이다. 그는 더 멀리 봐야 하며 한 걸음 더 나아가야만 하는 이.

"현우, 다시."

"진주, 다시."

"최 배우님, 다시 부탁드립니다."

솜과 같이 부드러웠던 그의 태도가 날이 선 칼같이 변하자 촬영 환경 전체가 강찬에게 맞추어 변한 것이다.

한 번의 실수는 괜찮다.

하지만 반복된 실수는 용납하지 않았다.

강찬은 그들이 버틸 수 있는 한계까지 몰아붙이면서 자신 또한 한계까지 몰아붙였다.

빠진 것은 없는지, 더할 수 있는 것은 없는지, 더 잘할 수 있는데 안일하게 생각하고 있는 것은 아닐지.

원래 말랐던 강찬은 피골이 상접했다는 말이 어울릴 정도로 변해 갔고 그의 주변 사람들의 걱정이 이어졌다.

하지만 강찬은 '영화가 우선이다'라는 말로 다른 이들을 영화에 집중하게 만들었고, 결국 모든 이가 전보다 열심히 영화에 집중하게 만들 수 있었다.

말 그대로 살신성인의 정신을 몸소 보여준 셈이 된 것이었다.

그렇게 한 달이 지나 6월의 둘째 주.

미래 단편제까지 한 달하고 2주가 남은 시점.

후반부의 촬영도 별 탈 없이 이어졌다.

연륜이 있는 최윤식이 합류한 뒤 다른 이들도 촬영에 익숙해지자 강찬이 손댈 부분은 더욱 적어졌고 그는 편집 등 촬영 외의 작업에 집중할 수 있었다.

영화를 만드는 데 있어 가장 중요한 것은 세 가지다.

캐스팅과 촬영 그리고 편집.

강찬은 그중 제일 중요한 것을 편집으로 꼽았다.

캐스팅과 촬영이 아무리 잘되더라도 마무리 작업인 편집이 엉망이라면 영화는 메시지를 전달할 수 없고 관객을 극장으로 끌어들일 수 없다.

"그러니 집중해야지."

편집은 오롯이 강찬 홀로 해야 하는 일이다.

서대호가 배우기에는 너무 오래 걸린다. 게다가 배워봤자 조감독으로 성장할 그가 편집팀의 자잘한 업무까지 알 필요는 없었다.

게다가 편집은 감독의 능력 그 자체다.

밋밋한 신과 숏을 살리고 음악을 더해 감칠맛을 더한다. 극적인 장면의 전환으로 MSG를 더하는 것 또한 감독의 몫.

영화 '우리들'은 총 32신, 54개의 숏, 그리고 78쪽의 시나리오로 구성되어 있다.

30분짜리 단편영화 영화가 이 정도의 양을 갖는 것은 이례적인 일이었다.

"그런데도 잘 나온단 말이야."

시간에 쫓기며 일을 하는데도 돌아오기 전 고급 프로그램을 쓴 것만큼의 결과물이 나오고 있었다.

한참 동안 자신이 만들어낸 영상을 보던 강찬이 입술을 두들기며 생각에 잠겼다.

"이것도 능력인가?"

편집 또한 그가 바라던 능력 중 하나였다.

편집팀에게 외주를 맡긴 뒤 자신의 요구 사항을 말하는 게 아니라 자신의 의지대로 영화를 편집할 수 있다면 훨씬 나을 텐데.

그런 생각을 한두 번 한 게 아니었다.

문제는 장편영화의 경우 한 사람이 처리할 수 있는 양이 아니라는 것.

배급사와 투자자들은 돈이 썩어 나서 투자를 하는 게 아니다. 투자한 영화가 그만큼의 돈을 벌어다 줄 것이라 생각하니까 투자하는 거지.

그러니 퀄리티를 높이자고 무한정 시간을 끌 수 없다.

"실험해 보자."

강찬은 지금까지 편집해서 저장해 두었던 모든 파일을 재편집하기 시작했다.

목소리 싱크를 맞추고, 특수 효과를 넣고, BGM을 넣고.

거의 10시간이 넘는 작업 끝에 강찬은 16분 분량의 촬영분을 건졌고, 재생을 해본 뒤 깨달았다.

"이것도 '능력'이구나."

말 그대로 천부적인 재능이 그의 손끝에서 펼쳐졌고 작품으로 나타나고 있었다.

전의 그라면 생각도 하지 못할 구도와 배경 음악, 그리고 화면의 전환이 영화 속에서 쉴 새 없이 이루어졌다.

마치 그보다 훨씬 위에 있는 영화감독, 이를테면 스티븐 스필버그 같은 이가 그의 영상을 편집한 게 아닐까 하는 생각이 들 정도.

"후."

신을 이어 붙일 때마다 영화의 재미가 늘었고 모든 장면이 각자의 의미를 가지며 하나의 그림을 그려가고 있었다.

"배우도 살고."

싸구려 장비를 썼기 때문에 배우의 목소리가 씹히거나 얼굴이 뭉개지는 경우도 있었지만, 그것까지도 연출의 일부라 생각될 정도로 완벽한 편집이었다.

그때, 강찬의 머릿속에 의문이 들었다.

'내 눈에만 이렇게 보이는 게 아닐까?'

이미 익숙해질 대로 장면을 보며 객관적인 판단을 하는 건 불가능하다. 그러니 더 좋아 보이는 게 아닐까 하는 생각을 하던 강찬이 폴더폰을 꺼내 들었다.

객관적인 시선이 필요한 시점이었다.

옅은 화장, 그리고 분홍 스커트와 귀여운 강아지가 프린팅된 흰 티, 연하늘색 재킷을 걸친 여진주가 택시에서 내렸다.

"여긴가?"

임대 아파트의 입구, 여진주가 아파트를 올려보며 말했다. 지어진 지 오래된 것을 티 내듯 갈라진 페인트칠이 그녀를 반겼다.

"102동 304호."

그가 보내준 주소를 읊던 여진주가 강찬의 집 앞에 도착해 벨을 눌렀다. 띵동- 하는 익숙한 벨 소리와 함께.

"왔어?"

부스스한 것을 넘어 폐인 꼴의 강찬이 문을 열고 나타났다. 여진주는 문에 쓰인 호수와 강찬의 얼굴을 보며 물었다.

"찬이 오빠?"

"좀 그렇지만 들어와."

강찬은 한껏 꾸민 여진주의 모습에는 관심도 주지 않은 채 집으로 들어갔고 그 모습에 여진주는 입술을 비죽 내민 채 말했다.

"실례합니다."

"나밖에 없어."

그의 말에 집 안으로 들어오던 여진주의 발걸음이 멈췄다.

"……예?"

"뭐가?"

"아녜요."

다른 생각이라고는 눈곱만치도 없어 보이는 강찬의 눈에 짧은 한숨을 내쉰 여진주가 그의 집으로 발을 들였다.

"작업실이 있으면 그리로 부를 텐데."

"괜찮아요."

집을 구경할 새도 없이 강찬의 방에 들어온 여진주는 말을 잃었다.

그의 방에는 초고 시나리오부터 현재 촬영 중인 9고까지의 시나리오가 쌓여 있었으며 그간 사용했던 모든 스토리보드가 벽에 붙어 있었다.

벽의 한구석에 붙어 있는 화이트보드에는 인물의 갈등 관계가 빼곡히 적혀 있었다.

"세상에."

"좀 지저분하지? 쇼트 3개만 녹음하면 되니까 조금만 참아."

"아뇨. 지저분한 게 아니라……."

여진주는 배우다. 그녀의 어머니 또한 그렇고.

그랬기에 연기만 하면 되었고, 그들이 연기하는 무대 뒤에 있는 것들에 대해서는 따로 생각한 적이 없었다.

"이거 다 오빠가 쓰신 거죠?"

어느새 컴퓨터의 앞에 앉은 강찬은 프로그램을 돌리며 건

성으로 어, 하고 대답했다.

"몰랐어요."

"뭘?"

다섯 평 남짓한 공간은 강찬이 누울 공간도 없이 종이로 가득했다. 모든 종이에는 강찬의 손 글씨, 그리고 그림이 가득했다.

촬영을 시작하고 한 달하고 2주.

막바지에 이른 지금까지 강찬 홀로 감당한 작업량을 본 여진주는 말없이 강찬의 등을 바라보았다.

'생각도 못 했어.'

보통 예능이나 드라마를 찍는 데도 100명에 가까운 스태프가 동원된다.

당연하게도 제작사가 돈이 남아돌아 그렇게 많은 인원을 고용하는 게 아니다. 전부 필요한 인원이기에 고용하는 것.

영화의 경우, 그 팀의 인원은 몇 배까지 늘어난다. 아무리 단편이라 하더라도 몇 명의 스태프가 붙는 것은 당연한 일.

한데 강찬은 그 과정을 전부 혼자 책임지고 있던 것이었다.

"이렇게 고생하시는 줄 모르고……."

여진주의 말에 강찬이 의아한 표정을 지었다. 마르다 못해 죽어가는 듯 보이는 그의 얼굴에 의문이 서리자 마치 눈 큰 해골처럼 보였다.

"됐어."

그 누구를 위한 일도 아닌, 자신의 미래, 그리고 꿈을 위한 작업이었다. 공치사를 들을 일이 아니라 생각한 강찬이 대충 대답했지만 여진주에게는 아니었다.

그런 여진주의 생각을 아는지 모르는지 강찬은 자기 할 말을 이어갔다.

"오디오 씹힌 거 재녹음하기 전에 편집한 영상 좀 봐줄래?"

강찬이 여진주를 부른 표면적 이유가 이것이었다.

촬영을 하다 보면 다른 소리에 물려 배우의 오디오가 씹히는 경우가 종종 있다. 그런 경우 배우를 불러 재녹음을 하거나 다른 오디오 파일을 찾는다.

강찬의 경우 단편이었기에 음향 장비를 하나만 사용한 데다 장비 또한 값싼 것. 도저히 살릴 수가 없어 재녹음을 해야 하는 상황이었던 것이다.

"……그럼요."

"일단 지금까지 완성된 게 16분이거든. 내가 볼 땐 괜찮은 거 같은데 난 하도 많이 봐서 모르겠어."

그녀는 다른 생각을 하는지 한 템포 느리게 대답했지만, 강찬은 신경 쓰지 않은 채 재생 버튼을 눌렀다.

그러자 시간대별로 편집된 '우리들'의 영상이 재생되었다.

영상이 재생되자 다른 생각을 하고 있던 그녀의 눈이 화면에 고정되었고, 곧 영화에 빠져들기 시작했다.

◀ **4장** ▶
고진감래

　영화 자체는 정적이며 서정적이었다. 사용된 배경 음악도 그렇고 카메라의 움직임도 그랬다.

　그렇기에 더욱 빠르게 캐릭터에 이입이 되었고 그들의 생각에 공감할 수 있었다.

　'와.'

　아직 완성된 것도 아닌, 반쪽짜리 영화.

　하지만 영상이 끝난 뒤 찾아오는 여운은 어지간한 장편영화 못지않았다.

　"이거 제가 출연한 영화 맞죠?"

　"왜? 이상해?"

　강찬은 자신이 놓친 것이 있는지 여진주를 바라보며 물었다. 그녀는 고개를 휘휘 저으며 답했다.

"아뇨. 제가 아닌 거 같아서…… 이게 감독의 능력인가?"

화면 속 수현은 여진주가 아닌, 캐릭터 그 자체로 보였다. 그 캐릭터가 너무나 자연스러워 여진주라는 사람의 개성이 아예 안 보일 정도였다.

"칭찬이지?"

강찬의 물음에 여진주는 천천히 고개를 끄덕이며 말했다.

"한 번 더 봐도 돼요?"

"그럼."

다시 한번 재생이 끝나자 여진주는 붉어지는 눈시울을 식히기 위해 손 부채질을 하며 말했다.

"최고."

"다행이네."

강찬은 무덤덤하게 반응하며 모니터로 고개를 돌렸지만 여진주의 시선은 여전히 그의 얼굴로 향해 있었다.

'대단한 사람이야.'

근 두 달.

강찬과 함께 영화를 찍은 그녀는 항상 놀라고 있었다.

시나리오와 스토리보드에서 느껴지는 섬세함에 놀랐고, 원하는 장면을 뽑기 위해 직접 연기를 선보이는 열정에 놀랐다.

하지만 그가 오늘 보여준 것에 비하면 새 발의 피나 다름없었다.

"하루에 몇 시간이나 자요?"

"알아서 뭐 하려고."

툭툭거리는 것 같은 말투였으나 여진주의 귀에는 '들어봤자 걱정할 게 뻔하니 안 알려주겠다'라는 느낌으로 들렸다.

"밥은 제대로 먹고 다녀요?"

"갑자기 무슨 연기야. 어디서 엄마 역으로 캐스팅이라도 들어왔어?"

급변한 태도에 강찬이 농담을 던졌지만 여진주의 눈은 진지했다. 그녀는 강찬과 눈을 맞추며 말했다.

"방이랑 편집한 거 보니까 오빠가 노력한 게 보여서요. 그간 난 노력한 게 아니구나 싶어서 미안하기도 하고."

그녀의 말에 강찬은 실소를 흘리며 답했다.

"넌 네 자리에서 할 수 있는 걸 다 해줬으니까, 나도 내 자리에서 할 수 있는 걸 다하는 것뿐이야. 미안할 거 없어. 그럴 걱정할 시간에 대상 받으라고 기도나 해줘."

퉁명스러운 말에도 여진주는 그의 눈을 피하지 않았고, 결국 강찬이 먼저 시선을 돌렸다.

"그럼 이제 일해야지."

"아, 네."

그때까지 강찬의 얼굴을 바라보고 있던 여진주가 고개를 끄덕였고 곧 재녹음 작업이 시작되었다.

강찬이 상대역을 해주자 그녀는 금방 집중하며 녹음을 했고 한 시간이 걸리지 않아 재녹음을 마칠 수 있었다.

"어디 보자."

만족스러운 결과물을 뽑아낸 강찬은 보일 듯 말 듯한 미소를 지으며 여진주에게 말했다.

"딱 좋다. 고생했어."

"그럼 저 부탁 하나만 해도 돼요?"

"뭔데?"

여진주는 대답 대신 키보드를 조작해 편집본을 튼 뒤, 자신의 얼굴이 클로즈업된 데서 정지시켰다.

"이거 제 싸이에 올려도 돼요?"

"그럼."

강찬은 영상을 캡처해 이미지 파일로 만들어주었고 여진주는 신나 하며 자신의 싸이 프로필에 등록시켰다.

그 이후, 영상 몇 컷을 더 캡처한 여진주는 크리스마스 선물이라도 받은 양 신난 모습으로 집으로 돌아갔고 강찬은 후반부 작업에 박차를 가했다.

7월 10일.

미래 단편제 출품 마감까지 딱 한 달 남은 일요일 밤.

여진주와 김현우, 그리고 최윤식 세 사람의 연기가 이어지고 있었다.

곧 여진주의 마지막 대사와 함께 세 사람이 서로의 눈을 바라보았고, 강찬은 속으로 셋을 센 뒤에 외쳤다.

"컷! 오케이! 다들 수고하셨습니다!"

강찬의 컷 사인이 떨어지자 촬영 현장의 모두가 환호성을 질렀다.

"와아!"

"끝났다!"

"만세!"

드디어 영화 '우리들'의 모든 촬영이 끝났다. 모두가 즐거워하는 사이, 강찬은 마지막까지 촬영 영상을 확인하고 있었다.

"벌써 끝이네요."

"그러게. 엄청 긴 것 같았는데. 벌써 끝났어."

배우와 스태프들은 시원섭섭한 표정을 지으며 서로에게 인사했고 강찬에게 다가왔다.

"고생하셨습니다."

"다들 잘해줘서 고생이랄 것도 없었어요."

"하긴, 우리가 너무 잘하긴 했지."

김현우의 넉살에 모두가 웃는 사이, 타이밍을 잡은 강찬이 말했다.

"장비만 정리하고 비싼 고기 먹으러 갑시다!"

콜라와 사이다, 맥주와 소주가 오가는 사이, 돌아온 후 술과 담배를 끊었던 강찬 또한 한 잔씩 받아먹기 시작했다.

"강 감독 술 잘 마시네?"

한 잔은 병이 되었고 병은 하나둘씩 늘어갔다.

강찬은 술에 취해 비틀거리면서도 어찌어찌 집에 도착했다.

술 냄새를 풀풀 풍기는 강찬을 본 그의 어머니, 한연숙은 아들의 등짝을 짝 소리 나게 때리며 말했다.

"어디서 술을 이렇게 마셨어."

"오늘 촬영 끝나고 회식한다 했잖아."

"아무리 그래도 고등학생이라는 놈이."

"어른들이랑 마셨는데, 뭐."

헤픈 웃음을 흘리던 강찬이 말을 이었다.

"엄마."

"왜, 이놈아."

"나 이번에는 성공할 거야. 그래서 엄마 집도 사주고 아빠 묘지도 옮기고."

"그럼, 그럼."

"엄마 천만 관객 알지? 난 그거 천 번 해서 100억 관객을 들인 감독으로 기네스에 올라야 한다."

"왜? 누가 시키든?"

"응. 안 하면…… 잡아먹겠대."

한연숙이 실소를 흘리는 사이 현관에 드러누운 강찬이 말을 이었다.

"그래서 해야 해. 내가 하고 싶은 일이기도 하고. 그러니까 해야지."

전형적인 취객처럼 한 말을 반복하고 또 반복하던 강찬은 결국 그대로 잠들었다.

강찬은 돌아온 후 첫 시사회를 학교 교실에서 하고 싶지 않았다. 그랬기에 최윤식에게 말해 극장을 대관할 수 있냐 물었고, '그럼. 내가 강 감독 자랑을 하도 해서 그런지 극단 사람들도 보고 싶어 하는 눈치거든요. 아마 다 환영할 거예요'라 대답하며 흔쾌히 시사회 장소를 내어주었다.

그 주 일요일 오전 10시 30분.

대학가의 마가타 극장.

강찬은 그의 어머니, 그리고 서대호와 그의 아버지인 서태산과 함께 극장에 들어섰다.

"오, 여기서 시사회를 하는 거냐?"

"예."

"강찬이 수완이 좋네. 벌써 기대되는구나."

서대호에게 시사회를 한다는 말을 들은 서태산은 자신도 보겠다며 직접 차를 끌고 왔고 그 덕분에 서대호와 강찬 가족은 그의 차를 얻어 타고 올 수 있었다.

극장에 들어서자 프로젝터를 설치 중인 최윤식을 만날 수 있었다. 그들이 인사를 나누는 사이, 김현우와 그의 부모님이 극장에 도착했다.

시사회니 친구 혹은 가족을 데려와도 된다 했더니 부모님을 모시고 온 모양이었다.

김현우의 부모님은 50석 정도 되는 소규모 극장은 처음 와 보는지 이리저리 둘러보다 강찬을 발견하고선 다가왔다.

"형, 저 왔어요."

"안녕하세요. 강찬입니다."

"얘기 많이 들었어요."

하하호호하는 형식적인 인사 후, 자리를 잡고 앉아갈 때쯤 최윤식이 다가와 말했다.

"준비는 끝났어요. 극단 배우들도 같이 봐도 되죠?"

"저야 많이 봐주시면 감사하죠."

최윤식이 극단 사람들을 부르러 간 사이 입구가 열리고 영화부 고문 백혜선이 들어왔다. 그녀와 인사를 나눈 강찬이 자리를 안내하고 왔을 때, 입구에 서 있던 서대호가 말했다.

"진주는?"

"거의 다 왔다고 하던데."

강찬이 여진주에게 전화를 해보았으나 받지 않았다.

"늦으면 안 되는데."

영화 상영 시간은 35분.

무대 인사와 설명을 하는 데 15분. 그리고 영화를 본 이들의 감상을 듣고 설문지를 작성하려면 적어도 30분은 걸릴 터.

12시 30분부터는 마가타 극단의 일정이 있어 그 전에 끝내야 했다.

어느새 시계는 11시를 가리키고 있었다.

여진주를 제외한 모두가 모인 상황.

별수 없다고 생각한 강찬은 여진주에게 먼저 시작한다는 메시지를 남긴 뒤 자리에서 일어서 무대로 올라갔다. 그러자 어수선한 분위기가 사그라졌다.

강찬은 마이크를 톡톡 두들긴 뒤 말했다.

"안녕하세요. 단편영화 '우리들'의 감독 강찬입니다."

그의 인사와 함께 박수갈채가 터져 나왔고 강찬은 허리를 숙인 뒤 말을 이었다.

"일단 이런 좋은 곳에서 시사회를 할 수 있게 해주신 마가타 극단 여러분께 감사의 인사를 드리겠습니다. 프라이빗 시사회 같은 느낌 들고 좋네요."

그의 인사에 극단 사람들이 손을 흔들었고 강찬의 말이 이어졌다.

"그리고 하나 있는 아들놈이 하라는 공부는 안 하고 영화에 미치는 바람에 속앓이하시는 한연숙 여사님께 이 자리를 빌려 감사와 사죄의 인사를 올리고요."

강찬의 농담에 그의 어머니 한연숙이 얼굴을 가리며 웃었다.

"이 영화를 찍을 수 있도록 투자해 주신 서태산 투자자님께 도 감사드립니다. 마지막으로 영화 찍자는 한마디에 따라와 준 조감독 서대호, 시나리오만 보고 따라와 준 김현우, 그리고 정신적 지주가 되어주셨던 최윤식 배우님께 다시 한번 감사드 립니다."

최윤식과 눈을 맞춘 강찬이 관객석을 훑으며 말을 이었다.

"원래대로라면 배우들도 다 올라와 인사를 해야 하는데……여진주 양이 급한 일이 생기는 바람에 아직 오지 못해…… 죄 송합니다. 제대로 된 인사는 시사회가 끝나고 난 뒤, 설문지를 작성하며 하도록 하겠습니다."

말을 마친 강찬은 양해를 구하듯 다시 한번 고개를 숙인 뒤 영화에 대한 설명을 이어갔다.

그렇게 3분여. 영화에 대한 설명을 마친 강찬이 손짓하자 프로젝터가 켜지고 극단의 불이 꺼졌다.

그때.

끼이익.

문이 열림과 동시에 두 명의 여인이 극장의 안으로 들어왔다. 당연히 모두의 눈이 쏠릴 수밖에 없는 상황.

강찬 또한 두 여자를 바라보았고 그와 동시에 자신의 눈을 의심했다.

"배혜정 배우님 아니야?"

"맞는 거 같은데."

"여진주 첫 작품이잖아. 그래서 온 건가 본데?"

정적에 휩싸여 있던 장내가 소란스러워졌다.

8~90년대 스크린을 주름잡던 톱스타이자 여진주의 어머니인 그녀가 여진주와 함께 극장에 발을 들였다.

검은 블라우스와 청바지, 그리고 재킷을 팔에 걸친 배혜정은 고등학생 딸이 있는 50대로는 보이지 않았다.

그녀는 진행을 끊은 것을 사과하듯 살짝 고개를 숙인 뒤 자리에 들어가 앉았다. 그제야 정신을 차린 강찬이 말했다.

"그럼 영화 '우리들'의 시사회를 시작하겠습니다."

-End-

엔딩 크레딧 대신 한 줄의 글자가 떠오르며 영화가 끝났다. 편집을 하며 수도 없이 보았지만 다른 이들에게 풀 버전을 보여준 것은 처음.

강찬은 점점 멀어지려는 정신 줄 대신 마이크를 쥔 채로 무대로 올라갔다. 그러자 불이 밝혀지며 관객들의 얼굴이 한눈에 들어왔다.

눈물을 흘린 건지 벌건 눈을 한 사람. 여운에 잠긴 듯 고개를 숙이고 있는 사람, 박수는 언제 치면 되는 거야? 하는 얼굴로 강찬을 바라보고 있는 사람.

"잘 보셨나요?"

강찬이 말이 끝난 순간 한 사람이 박수를 쳤고, 곧 모든 사람이 박수를 치기 시작했다. 백혜선은 눈물을 줄줄 흘리면서 손뼉을 치고 있었다.

박수는 강찬이 머쓱해져 '이야기 좀 해도 될까요?' 하고 말할 때까지 이어졌다.

"일단 감사합니다. 여기서 말을 끊으면 또 박수를 치시겠죠? 그러니 안 끊고 이어가겠습니다."

여러 번의 시사회를 겪어본 적 있는 강찬은 무난하게 시사회를 이어갔다.

배우와 스태프들을 무대 위로 불러 소개하고, 질의응답을 받고, 미리 만들어둔 설문지를 작성하게 하며 대화를 나누었다.

강찬이 진행을 하고 있을 때, 배혜정이 자리에서 일어서 강찬의 어머니에게로 향했다.

강찬은 그녀를 따라 눈을 움직였지만, 곧 다른 질문에 의해 고개를 돌려야 했고, 그사이 배혜정이 강찬의 어머니 한연숙에게 인사를 건넸다.

서로 소개를 하고 간단한 인사를 마친 배혜정은 바로 본론을 꺼냈다.

"좋으시겠어요. 저런 아들도 두고."

"아휴, 맨날 속만 썩이는걸요."

"무대 매너도 능숙하고, 배우들 다루는 것도 그렇고. 영화 만드는 실력도 어지간한 신인들보다 나은데요?"

직접적인 칭찬에 한연숙이 어색한 미소를 흘리자 배혜정이 본론을 꺼냈다.

"혹시 찬이 주변에 감독일 하시던 분이 계셨나요?"

"예. 찬이 아버지가 감독이었어요."

그녀의 대답에 배혜정이 관심을 보이며 물었다.

"실례가 아니라면 성함을 물어도 될까요?"

"예. 강혁이라고…… 아시려나 모르겠네요."

강찬 아버지의 이름을 들은 배혜정은 눈을 동그랗게 떴다.

"구름은 흐른다의 강혁 감독님이요?"

"아시네요?"

"그래서 그렇구나."

"예?"

"강찬 군이요. 어디서 저런 원석이 떨어졌나 했더니 강혁 씨 아들이라면야."

배혜정은 이해를 한 듯 고개를 끄덕였지만, 강찬의 어머니, 한연숙의 눈에는 의문이 깃들었다.

"찬이 아버지를 아시나요?"

"예. 대학 동기였거든요."

장례식 때 갔다는 말까지 할 필요는 없을 거라 생각한 배혜정이 뒷말을 삼켰다. 오래된 일이긴 했지만, 남편을 잃은 아내에게 그때를 기억해 보라 말할 순 없으니.

그때, 질의응답을 마친 강찬이 그녀들에게 다가오며 인사했다.

"안녕하세요, 강찬입니다."

"많이 들었어요. 진주 엄마예요."

배혜정은 여유가 넘치는 모습으로 그의 인사를 받은 뒤 말을 이었다.

"영화 잘 봤어요. 보고 나니까 진주가 자신 있어 하던 게 이해가 되네요."

"감사합니다."

"내가 감사해야죠. 우리 진주 싹을 틔워줬으니."

배혜정은 강찬에게 손을 내밀며 말을 이었다.

"미래 단편제에 낸다고 했죠?"

"예."

강찬이 손을 내밀자 그녀가 악수를 하며 말했다.

"잘될 거 같네요. 우리 진주도 강찬 군 따라 미래대로 간다하니, 선배로서 많은 가르침 부탁해요."

"예."

"앞으로 기대할게요."

말을 마친 배혜정은 강찬의 어머니, 한연숙에게도 목례를 건넨 뒤 일이 있어 먼저 가보겠다며 자리에서 일어섰다.

배혜정은 극장을 나서기 전, 자신의 딸에게로 걸어갔다.

"하니까 잘하네."

"네?"

배혜정은 다시 말해주는 대신, 지갑에서 카드 하나를 꺼내 그녀의 손에 올리며 말을 이었다.

"맛있는 거 먹고, 늦지 않게 돌아오렴. 단편제 시상식 갈 때 입을 옷도 한 벌 사고."

"……."

멍하니 카드를 바라보던 여진주는 멀어지는 어머니를 바라보다가 감사합니다, 하고 크게 소리쳤다.

그사이, 강찬이 어머니에게 물었다.

"엄마, 배혜정 배우님이랑 무슨 얘기 했어요?"

"저분…… 너희 아버지랑 대학 동기시라는데? 엄마는 잘 모르겠네."

어렸을 때부터 아버지를 보고 자랐기에 미래대라는 세 글자가 머리에 박혀 있었다.

잠시 잊고 있던 사실을 깨달은 강찬이 고개를 끄덕였다.

"그거 말고는?"

"너희 아버지 작품 아는 거 보고 더 물어보려고 했는데, 여배우라 그런가? 동네 아줌마들이랑 놀 때처럼 막 캐묻질 못하겠더라고."

"아니야. 잘하셨어."

기대하지도 않았던 수확이다.

배혜정.

쉰이 넘은 나이, 거기에 아이를 낳으며 영화계에서 은퇴했음에도 칼 같은 자기 관리 덕에 꾸준히 방송 활동을 하는 배우였다.

'눈도장은 확실히 찍었다.'

별다른 대화는 없었지만, 자신을 바라보는 시선에서 느낄 수 있었다.

흥미, 그리고 기대.

게다가 모두가 들으라는 듯 여진주에게 했던 말. '시상식에서 입을 옷을 사라'까지.

의도했던 것 이상의 것을 얻었으니.

'완벽한 시사회야.'

강찬이 생각을 정리하는 사이, 생각지도 못한 어머니의 반응에 멍하니 있던 여진주가 카드를 번쩍 들며 소리쳤다.

"오늘은 제가 쏩니다!"

그렇게 첫 시사회는 성공적으로 막을 내렸다.

9월 10일.

수시의 지원 시작인 12일의 이틀 전.

그리고 지난 다섯 달 동안 만든 작품 '우리들'의 수상 결과가 나오는 날이었다.

발표 시간은 오후 2시.

서대호는 초조한 표정으로 컴퓨터 앞에 앉아 있었다. 그의 손은 계속해서 F5 버튼을 연타하고 있었고.

그의 옆에 앉은 강찬은 눈을 감고 있었다.

그렇게 오후 2시가 된 순간.

다른 참가자들도 서대호와 똑같은 짓을 하고 있는지 순간적으로 홈페이지가 마비되었다. 서대호가 안절부절못하고 다리를 떨기 시작했을 때.

인터넷 페이지가 새로 뜨며 새로운 게시물이 올라왔다.

[제31회 미래 단편제 수상자 발표]

"떠…… 떴다."

제목을 클릭한 서대호는 두 손을 모은 채 화면을 바라보았고 곧 대상의 이름을 확인했다.

"대상…… 우리들! 강찬 등 5인!"

소리를 지름과 동시에 일어난 서대호는 방방 뛰며 온몸으로 기쁨을 표현했다. 그사이 강찬은 경직된 얼굴로 모니터를 확인해 보았다.

대상 - 우리들(남천고등학교 3학년 강찬 등 5인)

최우수상 - 우산의 그림자(우림 고등학교 3학년 이세정 등 13인)

자신의 눈으로 직접 확인한 강찬은 그제야 미소를 지으며 고개를 끄덕였다.

'됐구나.'

드디어 100억 관객을 위한 첫 발판이 완성된 것이다.

미래대 단편제는 입봉하지 않은 신인이라면 누구나 참여 가능한 대회. 그렇기에 고등학생이 대상을 차지하는 경우는 굉장히 드물었다.

한데 대상과 최우수상 모두 고등학생이라니.

'이세정이라.'

곰곰이 기억을 되뇌던 그는 뿔테 안경을 쓴 여자의 얼굴이 떠오르자마자 미간을 팍 구겼다.

'그 이세정인가.'

강찬과 동갑이며 단편제에서 최우수상을 받을 만한 인물, 그리고 이름이 이세정이라면 떠오르는 사람이 하나 있었다.

드라마의 여왕 이세정.

서른 초반의 나이로 드라마 작가로 데뷔해 연이은 대박을 터뜨려 여왕의 자리에 앉은 여자. 미친 예술가의 표본이라 불릴 정도로 지랄 맞은 성격 덕에 배우와 스태프 심지어는 감독까지 기피했지만 당시 그녀가 쓰던 대본이 한 페이지 당 1억이라는 소리가 있을 정도.

이세정은 개차반인 성격을 커버할 정도로 뛰어난 실력을 갖추고 있었고 그 때문에 모든 기획사가 원하는 작가가 되었다.

'하긴, 중국 시장이 워낙 커지니까.'

2002년 작품인 '겨울연가'가 한류 열풍의 문을 열었다면, 2003년 작품인 '대장금'이 한류에 날개를 달아주었다.

대장금은 일본과 홍콩, 중국을 휩쓸며 어마어마한 돈을 쓸어 담았고 한류 시대의 시작을 알렸다.

그렇게 한국 엔터테인먼트계의 황금기가 찾아오게 된 것이다.

다른 길로 새던 강찬은 고개를 휘휘 저었다.

'여전히 지랄 맞으려나.'

단 한 번 만나보았으나 날카로운 뿔테 속에서 번뜩이던 눈빛이 아직도 뇌리에 선명했다. 20대의 그녀는 다를 수도 있지 않겠는가. 지금 인연을 쌓아둔다면 언젠가는 도움이 될 터.

생각을 정리한 강찬은 아직도 소리를 지르고 있는 서대호와 함께 기쁨의 순간을 즐기기로 마음먹으며 자리에서 일어섰다.

우림 고등학교.

시끄러운 교실을 피해 밖으로 나온 이세정이 계단 난간에 기댄 채 핸드폰을 들었다.

"예. 미래 단편제 심사위원회죠? 예, 안녕하세요. 우림 고등학교 3학년 이세정입니다. 예. 이번 심사 과정에 어떤 착오가 있나 싶어서요. 예. 아, 기다릴게요."

이세정은 평소 버릇처럼 손톱을 물어뜯기 시작했다. 시간이 흘러 물어뜯을 손톱이 없자 손가락을 깨물던 차.

"아…… 착오가 없군요. 그럼 총평가 점수는요? 우리들이 497점, 제가 494점이요? 그 3점 차가 어디서 났는지 알 수 있을까요?"

미래 단편제의 심사 내역은 전부 공개되었기에 그녀는 곧 원하는 대답을 들을 수 있었다.

"연출이요……. 예, 예. 감사합니다."

전화가 끊긴 순간, 이세정은 허망한 표정으로 핸드폰을 바라보았다.

"연출은 그렇다 쳐."

영화보다는 드라마, 드라마보다는 소설 쪽에 치중한 그녀였기에 연출 쪽은 밀릴 수도 있었다.

"그래도 스토리 쪽이 월등할 텐데?"

중학생 때부터 백일장과 공모전에 출전해 대상을 밥 먹듯 받았으며 고등학생 때는 마로니에 청소년 백일장에서 대상을 받은 게 바로 이세정이다.

"근데 2등?"

수많은 대회를 나가며 많은 경쟁자를 만나보았고 개중 실력자라 할 만한 이들은 거의 다 꿰고 있었다.

한데 강찬이라는 이름은 처음 들었다.

멍하니 앉아 있던 이세정이 벌떡 일어나 컴퓨터실로 달려가기 시작했다.

한참 동안 강찬에 대해 검색하던 그녀가 발견한 것은, 강찬의 이름이 아닌 여진주라는 이름이었다.

"배혜정 배우의 딸."

이세정과는 세대 차이가 있는 배우였지만 워낙 유명한 데다 CF나 방송에도 자주 나오니 얼굴 정도는 알고 있었다.

그런 여자의 딸이 출연한 작품이라.

"이거 설마 조작 아니야?"

이세정은 눈을 흘기며 검색창을 보다가 의자에 기대며 팔짱을 꼈다.

미래 단편제의 대상 수상작은 시상식에서 상영을 해주는 것으로 유명하다. 그러니 그때 보면 알 수 있을 터.

만약 대상을 받을 만한 작품이 아니라면?

정식으로 이의를 제기하면 된다.

이세정은 한결 편해진 마음으로 만족스러운 미소를 지었다.

시간이 흘러 수시 접수가 시작되는 날인 2005년 9월 12일.

시상식의 막이 올랐다.

"안녕하세요. 31회 미래 단편제의 사회를 맡게 된 감독 주형태."

"그리고 배우 우아름이에요. 안녕하세요."

미래대 출신이자 중견이라는 수식어가 어울리는 주형태 감독, 그리고 요즘 몸값을 올리고 있는 신인 배우 우아름 소개와 함께 시상식이 시작되었다.

K 호텔의 연회장에는 미래대 출신의 배우와 감독들이 자리를 채우고 있었다.

강찬의 영화 '우리들'의 출연한 배우 셋, 그리고 강찬과 서대호는 홀 정중앙에 있는 테이블에 앉아 있었다.

게다가 테이블의 중앙에는 '대상 - 우리들(강찬 등 5인)'이라 쓰인 팻말이 꽂혀 있는 상황.

강찬을 제외한 다른 이들은 긴장 때문에 물도 제대로 마시지 못하고 있었다.

"대호 군, 긴장 풀어요."

원래대로라면 가족은 따로 마련된 테이블에 앉아야 하지만 여진주의 어머니 배혜정은 미래대 출신이자 대선배.

그녀는 강찬 사단의 테이블에 함께 앉아 일행의 긴장을 풀어주며 대화를 주도하고 있었다.

"예, 감사합니다."

서대호는 달달 떨리는 손으로 물을 마셨고, 그 모습에 여진주가 미소를 흘렸다.

여진주는 진주색 세미-포멀 드레스를 입어 고등학생 특유의 풋풋한 느낌을 제대로 살리고 있었다.

눈이 마주친 강찬이 그녀에게 말했다.

"잘 어울린다."

"오빠도 멋져요."

"고마워."

짤막한 대화를 나눈 강찬은 그사이 주변을 둘러보았고 이내 감탄을 금치 못했다.

'이 정도면 단편영화제가 아니라 그냥 영화제 수준인데.'

한국 최고의 예술 대학이라는 이름, 그리고 빛나는 감독들을 수도 없이 배출해 낸 것이 허명은 아니라는 듯 단편제의 규모는 크고, 또 화려했다.

'시상식이라기보다는 동문회 분위기야.'

시상식의 분위기는 생각보다 자유로웠다.

사회자들이 사회를 보며 이것저것 설명하는 사이, 배우와 감독들이 자유롭게 오가며 인사를 나누었고 그들은 강찬이 앉아 있는 테이블에도 찾아왔다.

"오랜만입니다, 배혜정 선배님."

곱실거리는 장발을 하나로 묶은 중년의 사내, 봉준혁의 이름을 들은 이들의 눈이 둥그레졌다.

정치나 사회적 이슈 같은 무거운 주제를 자신만의 스타일로 가볍게 풀어내는 이. 돌아오기 전 강찬 또한 존경해 마지않던 이가 인사를 하러 온 것이었다.

"오랜만이에요, 봉 감독."

봉준혁과 이야기를 나누던 배혜정은 이야기가 길어질 기미가 보이자 살짝 손을 들어 그의 말을 끊으며 말했다.

"오늘의 주인공은 내가 아니라 이쪽."

배혜정이 강찬을 가리키며 말하자 봉준혁이 아차, 하는 표정과 함께 강찬에게 다가서며 말했다.

"안녕하세요. 감독 봉준혁입니다. 배 선배를 오랜만에 만난지라, 오늘의 주인공을 깜빡할 뻔했네요. 미안합니다."

"아뇨. 괜찮습니다. 만나서 반갑습니다. 강찬입니다."

악수를 마친 강찬은 직접 일어서 다른 이들을 소개했고 봉준혁은 실수를 만회하려는 듯 큰 제스처로 모두와 인사했다.

그렇게 봉준혁이 스타트를 끊자 다른 배우와 감독들이 찾아와 배혜정에게 인사를 하고 강찬 사단과 인사를 나누었다.

'역시 배혜정이다.'

선배, 후배. 혹은 잘나가는 연예인까지 많은 사람이 찾아왔지만, 배혜정은 여유를 잃지 않으며 인사를 했고, 또 강찬을 소개했다.

그들 전부가 강찬을 기억하진 못할 것이다. 하지만 기억하는 몇몇이 있을 것이고 눈도장을 찍은 이들 또한 있다.

즉, 연예계로 진출할 발판이 만들어지고 있는 것이다.

'아주 좋아.'

업무용 미소를 지은 강찬은 입꼬리가 아파오는 것을 느끼면서도 억지로 미소를 짓고 있었다.

그사이, 미래대학교의 학장이 무대로 올라와 연설을 시작했다.

"미래대학교가 대한민국 최고의 예술 대학이 된 계기를 아시는 분…… 은 많이 계시겠죠. 제가 이 자리에 올라 시상을 할 때마다 같은 말을 하고 있으니까요."

소소한 웃음소리와 함께 학장이 말을 이었다.

"미래 단편제 덕분이었습니다. 단편제를 통해 미래대에 입학한 이들이 대학을 빛내주었고, 그들의 발자취를 따라온 수많은 예술인이 미래대를 거쳐 가면서 지금의 미래대학교가 완성되었죠."

학장은 자랑스럽다는 듯, 가슴을 편 뒤 수상자들이 있는 테이블을 쭉 훑어보며 말했다.

"저는 오늘 이 자리에 계신 분들이 한국 예술계의 미래를 끌어갈 것이라 믿어 의심치 않습니다. 그럼 미래 단편제 시상식을 시작하겠습니다."

박수와 함께 학장이 내려가고 다시 MC들이 올라왔다. 그들은 자잘한 농담을 통해 분위기를 띄운 뒤 들고 온 종이를 펴며 진중한 목소리로 말했다.

"제31회 미래 단편제 우수상. '언덕길을 오를 때 필요한 것' 김현제 등 17인. 축하드립니다."

인터넷으로 선 공개되었던 정보 그대로 수상이 이어졌다. 그리고 최우수상과 대상 발표만 남았을 때.

"그 전에 특별한 상이 하나 더 있죠?"

"바로 '연기상'입니다. 모든 영화 중 가장 인상 깊은 연기를 펼친 배우 한 분에게 돌아가는 상인데요, 사전에 공개가 되지 않아 단편제에 참여한 모든 배우분이 기대하는 상이기도 하죠."

"그럼 바로 후보부터 보시죠."

그들이 말을 하고 물러서자 스크린에 다섯 명의 후보가 떠올랐다. 후보 중에는 '우리들 - 여진주' 또한 존재했다.

화면을 본 여진주는 믿을 수 없다는 듯 다른 사람들을 바라보다가 강찬과 눈이 마주쳤다. 강찬은 '네가 될 거야'라고 입모양으로 말해주었다.

그의 말에 여진주가 무어라 대답하려는 순간.

홀 안의 불이 전부 꺼지며 서로의 얼굴이 보이지 않게 되었다.

"후보 여러분은 일어서 주세요."

모든 불이 꺼진 뒤, 천장에 달린 핀포인트 조명들이 빙글빙글 돌기 시작했다. 핀포인트 조명은 다섯 후보를 찾아가 고정되었고, 모든 후보가 일어섰다.

　"그럼 발표하겠습니다. 제31회 미래 단편제. 연기상의 주인공은!"

　MC의 목소리가 고조된 순간. 배우들을 비추고 있던 핀포인트가 하나씩 꺼졌다. 그리고 마지막까지 남은 핀포인트 조명의 주인은.

　"우리들의 여진주 양!"

　"여진주 양은 18살의 나이로 극 중 고등학생 3학년인 정수현의 캐릭터를 완벽히 소화했으며 특히 정년퇴직한 아버지와 엇나가는 동생 사이를……."

　여진주가 무대로 올라가는 사이 극 중 캐릭터에 대한 설명과 여진주에 대한 칭찬이 이어졌고 스크린에는 여진주의 연기 모습이 재생되었다.

　곧 재생이 끝나자 MC가 그녀에게 마이크를 건네며 소감을 발표하라 신호를 주었고 여진주의 소감이 시작되었다.

　"강찬 오빠, 아니, 감독님께 제일 먼저 감사의 인사를 드려요. 캐스팅부터 연기 지도까지 다 해주셨던 거, 그리고 모든 후반 작업 혼자 다 해서 이런 아름다운 영화 만들어주신 것까지 정말 감사해요……."

그녀는 서대호부터 시작해 투자인인 서태산까지 언급하며 모든 이에게 감사를 표했고 마지막이라는 말을 붙이며 화두를 꺼냈다.

"그리고 마지막으로 엄마. 먼저 죄송하다는 말을 드릴게요. 그간 엄마 말 너무 안 들었죠. 그래도 이번 작품 하게 해줘서 고마워요. 그래서 그런데…… 앞으로는 조금 더 제멋대로 살아볼게요. 죄송해요, 그리고 사랑해요. 엄마!"

박수와 환호 속에 그녀가 무대를 내려왔다.

곧 배혜정의 옆에 앉은 그녀는 뒤 상황까진 생각을 못 했는지 고개를 숙인 채 어머니의 눈을 피하고 있었다.

그 모습에 웃음을 흘리는 사이, 최우수상 시상이 시작되었다.

"제31회 미래 단편제 최우수상. '우산의 그림자' 이세정 등 11인. 축하드립니다."

수수한 드레스와 적당한 무대 화장을 한 이세정이 자리에서 일어서 무대로 올라갔다.

'어릴 땐 평범하게 예뻤네.'

그녀의 시그니처나 다름없는 뿔테 안경은 여전했지만 조금 더 선한 인상이었다.

강찬이 진심을 담아 축하하는 박수를 보내고 있을 때.

무대에 올라간 그녀와 눈이 마주쳤다.

그녀는 강찬을 잡아먹을 듯 노려보고 있었다.

'……내가 1위라 그런 거겠지.'

강찬은 눈을 피하지 않고 그녀를 마주 보았고 결국 이세정이 휙 고개를 돌리는 것으로 두 사람의 눈싸움이 마무리되었다.

그 직후 이세정은 가면을 쓰듯 표정을 싹 바꾸며 미소를 지었고, 차분히 수상 소감을 말한 뒤 무대에서 내려갔다.

"그럼 모든 분이 기다렸던, 대상의 순서입니다."

"오늘 여기 계신 모든 미래인들이 참여하시는 이유 중 하나기도 하죠."

"이번 단편제의 대상 수상작. '우리들'의 상영을 시작하겠습니다."

연회장의 불이 전부 꺼지고 소란스럽던 장내가 조용해지자 강찬의 '우리들'의 제목이 스크린을 가득 메우며 영화가 시작되었다.

영화 상영이 끝나갈 무렵, 강찬의 곁으로 다가온 스태프가 대상 수상을 위해 무대로 이동하자는 신호를 보냈다.

강찬은 영화 감상에 방해가 되지 않기 위해 벽에 붙어 움직였고 곧 뒷줄에 있는 어머니를 발견했다.

그녀는 '우리들'을 두 번째 보는 것이었음에도 영화에 집중하고 있었다. 기분 좋은 미소를 지은 강찬이 걸음을 옮기려는 그때.

익숙하지만 별로 듣고 싶지 않은 목소리가 들렸다.

"이런 인재가 자네 반에서 나오다니. 최 선생, 다시 봤어."

"하하, 제가 항상 말씀드리잖습니까. 말로 해서 안 되는 아이들에게는 충격 요법도 하나의 방법입니다."

그의 담임인 최선학, 그리고 교장이 대화를 나누고 있었다. 대화 내용을 들은 강찬의 발걸음이 멈추었고 두 사람의 목소리가 이어졌다.

"원래는 문제가 있는 아이라 했던가?"

"아이고 말도 마십쇼. 제가 저놈을 구제하려고 얼마나 노력했는지 아시면 까무러치실 겁니다. 어머니 혼자 애 키우느라 고생하는 걸 보고 그냥 넘어갈 수가 없더군요."

"그런가? 허허. 대단하구만, 최 선생."

'허, 이것 봐라.'

그 꼴을 본 강찬의 표정이 와락 일그러졌다.

'보자 보자 하니까……'

그런데 생각이 달라졌다.

영화가 끝날 때까지 남은 시간은 1분여. 거기에 엔딩 크레딧까지 더하면 3분 정도의 시간이 생긴다.

'그냥은 못 넘어가겠다.'

최선학의 얼굴에 배급사 사장 딸년의 얼굴이 겹쳐 보였다.

하나하나 받아주다 보니 어느새 내 인생까지 말아먹은 그년의 얼굴이.

한번 호구는 영원한 호구다.

과거의 경험으로 뼈가 저리도록 깨달은 강찬은 다시는 과거와 같은 전철을 밟을 생각이 없었다.

이 자리, 교장과 수많은 셀러브리티들 앞에서, 학생이라는 신분을 이용해 선생을 확실히 밟아버릴 수 있는 시나리오가 필요한 상황.

강찬이 무대 아래에 도착했을 때 영화의 상영이 끝났다. 곧 엔딩 크레딧이 올라가며 NG 장면과 출연진, 그리고 도움을 준 모든 사람의 이름이 하나도 빠짐없이 등장했다.

엔딩 크레딧이 모두 올라간 순간, 강찬의 머릿속에서 쉴 새 없이 움직이던 펜이 멈추었다. 완벽한 시나리오가 완성된 것이다.

"방금 감상하신 작품, 제31회 미래 단편제의 대상. '우리들'의 시나리오와 감독, 연출, 그리고 편집을 담당한 남천고등학교 3학년 강찬 군입니다."

사회자의 소개와 함께 무대에 올라선 강찬은 고개 숙여 인사했고 박수가 잠잠해질 때까지 기다렸다가 입을 열었다.

"안녕하세요. '우리들'의 감독 강찬입니다."

시나리오는 완성되었고 무대가 준비되었다. 이제는 감독으로서의 연출력을 보여줄 차례였다.

핀포인트 조명 아래 선 강찬이 말을 이었다.

"감사합니다. 수상 소감을 많이 준비해 왔는데…… 앞에서 진주가 제가 감사해야 할 분들에게 모두 인사하는 바람에 제가 할 말이 많이 줄었네요."

미소를 지은 강찬은 미리 준비해 왔던 종이를 반으로 접어 속주머니에 넣으며 말을 이었다.

"그러니 짧게 하겠습니다. 영화 제작에 도움을 주신 모든 분, 그리고 고등학생인 감독 하나 믿고 따라와 준 스태프와 배우 여러분, 저희 어머니이신 한연숙 여사님과 많은 도움을 주신 배혜정 선배님, 그리고 서태산 투자자님께 감사드립니다."

마이크에서 입을 뗀 강찬이 한 걸음 물러서 허리 숙여 인사했다. 짧은 박수가 이어졌고 강찬이 다시 마이크를 쥐자 장내가 조용해졌다.

"그리고 말씀드리지 못한 한 분이 계십니다. 오늘 이 자리에 와주신, 저의 담임선생님, 최선학 선생님이십니다."

강찬의 말에 가만히 있을 최선학이 아니었다. 그는 자리에서 벌떡 일어서 손을 흔들었고 셀러브리티들의 시선이 집중되었다.

'속도 없는 새끼.'

지금은 웃고 있지만, 과연 강찬의 말이 끝나도 웃는 낯을 유지할 수 있을까. 강찬은 일어선 최선학에게 미소를 지어준 뒤 말했다.

"참 힘들 때가 많았습니다. 이 길이 맞는 걸까, 이렇게 힘든 걸 계속해야 하나 하고 마음이 약해질 때도 많았죠. 그럴 때마다 최 선생님께서는 제게 말씀하셨습니다."

감독들과 배우들, 모두 옛 생각이 나는지 고개를 끄덕이며 그의 말에 공감하는 표정을 지었다.

"너는 안 될 놈이라고, 영화는 돈 있는 사람들이나 하는 거니 가난한 저는 안 될 거라고, 홀로 계신 어머니 속 썩이지 말고 기술이나 배우라 하셨죠."

감동을 기다리던 관객들의 표정에 경악이 깃들었다. 강찬은 느긋한 태도로 그들의 표정을 감상하며 말을 이었다.

"그런 말을 들을 때마다 전 마음을 다잡았습니다. 꼭 잘되어서 최 선생님 앞에서 당당해지겠다는 생각을 하면서 말입니다."

강찬은 클라이맥스를 위해 호흡을 가다듬은 뒤 말했다.

"그때는 최선학 선생님의 폭언과 모욕이 정말 싫었습니다. 동급생, 그리고 선생님 앞에서 욕을 먹는 걸 좋아하는 사람이 어디 있겠습니까?"

관객들은 최선학과 강찬을 번갈아 보며 수군거리고 있었고, 최선학은 아직도 상황 파악이 덜 된 것인지 멍한 얼굴로 강찬을 바라보고 있었다.

"하지만 이제는 알겠습니다. 선생님이 해주신 말 모두 저를 위한 것이라는 걸요. 그래서 감사드리며 한 가지 부탁드리고 싶은 게 있습니다."

강찬의 시선이 최선학에게로 향했다.

"부모님 중 한 분이 계시지 않더라도, 집안이 가난하더라도, 차별과 욕설, 그리고 폭력은 자제해 주십시오. 그런 일을 당하는 모든 학생이 저와 같은 생각은 하진 않을 테니까요."

말을 마친 강찬은 '감사합니다'라는 말을 덧붙이며 다시 한번 고개를 숙였고 배우와 감독들의 박수갈채가 쏟아졌다.

그리고 강찬이 무대에서 내려올 때, 얼굴이 붉어진 교장이 최선학을 끌고 나가는 모습이 강찬의 눈에 들어왔다.

"그럼 이것으로 제31회 미래 단편제 시상식을 마치겠습니다. 곧 뒤풀이가 시작되니 많은 참석 부탁드리겠습니다. 감사합니다."

환호와 박수갈채 속 시상식이 마무리되었다. 그와 동시에 빠른 템포의 음악이 나오며 음식들 든 종업원들이 들어와 세팅을 시작했다.

얼마 지나지도 않아 테이블 위에는 먹음직스러운 음식이 놓였고 뷔페식 테이블이 구석구석 배치되었다.

세팅되는 사이 서대호와 김현우가 강찬을 보며 말했다.

"그렇게 지를 거라곤 생각도 못 했다."

"저도요."

"그 인간 얼굴 보니까 그냥은 못 넘어가겠더라고."

강찬의 말에 백혜선이 그의 어깨에 손을 얹으며 말했다.

"아냐. 잘했어. 그 사람 교장 선생님한테 끌려 나가는 거 보니까 속이 다 시원하더라."

잠시 이야기를 나누는 사이, 그들의 주변으로 사람들이 몰리기 시작했다. 아까는 배혜정을 보기 위해서라면 이번에는 강찬을 보러 온 이들이었다.

"강찬 군, 영화 잘 봤어요."

"고생 많았네요. 앞으로는 잘되길 바라요."

"아직 회사 없죠? 우리 기획사는 영화 쪽도 하니까 생각 있으면 전화 줘요."

"엔딩 크레딧 때 NG 장면 보니까 강 감독 연기도 잘하던데. 배우 쪽은 생각 없나요?"

영화 이야기부터 외적인 이야기까지.

얼굴만 봐도 알 만한 유명인들부터 지망생들까지 수많은 이들이 찾아왔고 또 강찬이 찾아다니며 인사를 나누었다.

거의 30분간 앉지도 못하고 돌아다니던 강찬이 테이블로 돌아왔을 때, 뿔테 안경을 쓴 이세정이 찾아왔다.

"이세정이에요."

"예. 반가워요. 강찬입니다."

"대상 축하드려요."

"……최우수상 축하드립니다."

대상을 받은 사람이 최우수상을 축하하려니 뭔가 입이 안 떨어졌지만 할 말이 그것뿐이었다.

"말 질질 끄는 거 별로 안 좋아해서. 바로 본론부터 얘기할게요. 그래도 괜찮죠?"

성격은 어릴 때부터 이랬구나.

강찬이 고개를 끄덕이자 이세정이 말을 이었다.

"미래대, 입학할 거죠?"

"예."

"영상학부로?"

"예. 영화감독이 꿈이니까요."

"그럼 과는? 연출?"

"그렇죠."

"그럼 과에서 만나겠네. 과대 할 거예요?"

"할 생각은 없는데, 하면 뭐 좋은 거 있습니까? 그럼 하고."

그의 말에 이세정의 미간이 찌푸려졌다. 마치 마음만 먹으면 할 수 있다는 듯한 태도가 마음에 들지 않은 것.

"그건 직접 알아보세요. 어쨌거나 저도 연출과로 가거든요. 앞으로 잘해보죠."

그녀는 손을 내밀며 말했고 강찬은 그녀의 손을 쥐며 답했다.

"예."

"그리고 마지막으로. 다음번엔 내가 이길 거예요."

강찬은 대답 대신 승자의 여유가 가득 담긴 미소를 지어주었다.

그러자 이세정은 미간의 골을 더욱 구기며 그의 손을 놓은 뒤 자신의 테이블로 돌아갔다.

과대표라.

대학을 가본 적이 없어 잘 모르지만 어쨌거나 대표라면 좋은 게 있긴 할 터.

이를테면 다른 과와의 협업이라거나, 미팅이라거나. 배우들을 캐스팅하기도 쉬워질 것이다.

'한번 해볼까.'

이세정 덕에 정보를 얻은 강찬이 고개를 끄덕이는 사이 새로운 사람들이 왔고, 강찬은 그들과 인사를 하며 자신을 어필하기 시작했다.

테이블에서 잠깐 쉬며 어머니와 대화를 나누는 사이, 서대호와 서태산 부자가 음식으로 산을 쌓은 접시를 들고 걸어왔다.

"엄마랑 나도 남이 보면 저렇게 똑같을까?"

그의 물음에 강찬의 어머니, 한연숙이 웃음을 흘렸다.

곧 식사를 마친 서태산이 입가를 닦으며 다가와 강찬의 옆에 그의 어깨를 두드리며 말했다.

"축하한다, 찬아. 아니, 이제는 강 감독인가?"

"감사합니다. 전처럼 편하게 찬이라 불러주세요."

서태산은 얼굴 가득 미소를 지으며 말을 이었다.

"영화 시작할 때랑 끝날 때 투자자 서태산이라는 세 글자를 그렇게 크게 넣을 필요가 있었나? 얼굴 빨개지는 걸 간신히 참았어."

"그럼요. 아저씨 없었으면 저흰 대상 못 받았을 건데요."

뻔한 칭찬이었지만 서태산은 진심으로 기뻐하며 아이처럼 웃었다. 그는 강찬의 어깨에 손을 올리며 말했다.

"그렇게 말해주니 고맙구나. 그럼 다음 영화에도 제일 먼저 투자해야겠어."

"그래 주시면 감사하죠."

"다음 영화는 언제 찍니?"

"글쎄요. 아직 정해진 건 없어요."

대학에 입학했으니 이제는 이름을 알릴 차례다.

하지만 이제 갓 대학생이 된 사회 초년생에게 투자할 이를 구하긴 어려울 터. 몇 편의 단편영화를 만들며 이름을 쌓은 뒤 상업 영화에 도전할 생각이었다.

"그렇구나. 찬아, 그때 썼던 계약서 내용 기억하고 있지?"

"예. 어떤 부분이요?"

"상금으로 받는 천만 원으로 나에게 빌린 돈을 갚겠다는 거."

빌린 돈은 500만 원이다.

하지만 그 당시의 500만 원은 대상을 받기 위한 투자나 다름없었기에 가치를 따질 수 없을 정도로 중요했다.

그렇기에 대상의 상금인 천만 원을 전부 주겠다는 계약서를 작성했던 것이고.

"그 돈, 다시 너에게 투자하마."

"전부요?"

"그래. 천만 원 전부. 새로운 영화 시나리오가 나오면 나에게 먼저 보여주겠다는 조건으로."

그 돈이 있다면 앞으로 영화를 제작하는 데 있어 훨씬 수월할 터. 강찬으로서는 거부할 이유가 없는 제안이었다.

"그런 조건이라면야. 감사합니다, 투자자님."

강찬이 고개를 숙이자 서태산이 손을 내밀었고 두 사내가 서로의 눈을 마주 보며 미소를 지었다.

그때 강찬의 귓가로 목소리가 들려오며 동시에 눈앞에 메시지가 떠올랐다.

[10,000,000,000명이 돈(욕망)을 지불하고 당신의 영화를 보게 만드세요.]

[관객의 수는 누적됩니다.]

[실패한다면 당신이 얻은 모든 기회가 박탈될 것입니다.]

[현재 욕망을 지불한 사람의 수: 1]

[남은 기한: 22년 3개월 9일]

뒤풀이는 끝도 없이 이어졌다. 홀에서 뒤풀이가 끝나자 다른 곳으로 이동해 2차가 있었고, 집으로 돌아오나 싶었더니 집 근처에서 3차가 이어졌다.

인생 중 이렇게 많은 사람에게 축하를 받은 날이 있었나 싶을 정도로 많은 축하를 받았으며, 핸드폰이 터질 정도로 많은 이의 번호가 저장되었다.

개중 가장 큰 수확은 감독 봉준혁.

돌아오기 전에도 그에게 배우고 싶은 것이 많았는데 이런 식으로 인연을 트게 될 줄은 몰랐다.

이제 개인 번호도 알았으니, 대학생이라는 신분을 이용해 그에게 많은 것을 배울 수 있을 터.

거기에 누적 관객 1까지.

[현재 욕망을 지불한 사람의 수: 1]

액수야 얼마가 되었든 '욕망'이라는 이름 아래 하나로 카운트되는 모양이었다.

"무슨 생각을 그렇게 해요?"

어느새 편한 옷으로 갈아입은 여진주가 그의 곁으로 다가오며 물었다. 어른들이 따라주는 술을 거절하지 못했던 그녀 또한 붉어진 얼굴 아래로 취기가 보였다.

"꿈인가 싶어서."

여진주는 씩 웃더니 강찬의 볼을 꼬집었다. 강찬은 그녀의 손을 살짝 밀어냈고 여진주는 미소를 지으며 물어왔다.

"꿈 아니죠?"

"이거 취했네."

"사람한테 이거라뇨."

지난 다섯 달.

'우리들'을 촬영하며 일주일 중 닷새, 그것도 하루 6시간 이상씩을 붙어 있다 보니 많이 친해진 그들이었기에 이런 장난도 자연스러워져 있었다.

"나도 꿈인가 싶은데, 한번 꼬집어줄래요?"

"아니."

강찬이 단호히 말하자 여진주는 눈을 흘기며 말했다.

"이럴 때 아니면 이렇게 예쁘고, 어! 연기상도 받았고, 어! 곧 아이돌로 데뷔할 사람 얼굴 만져볼 기회나 있을 거 같아요?"

"그럼."

"하, 참."

여진주가 어이가 없다는 듯 숨을 흘리자 강찬이 물었다.

"너 '우리들'만 찍고 도망갈 생각이었어?"

"도망요?"

"이제 내 영화에 출연 안 할 거야? 평생?"

"그건 아니죠."

"그럼 언젠가 만질 기회가 있겠지."

"……무슨 논리야."

말은 저렇게 해도 싫은 기색은 아니었다. 강찬이 붉어진 여진주의 얼굴을 바라보며 물었다.

"맞다. 너도 미래대 온다며."

"예. 엄마가 연예계 활동할 거면 미래대가 좋다고 하셔서요."

"내가 들은 건 그게 아니었는데."

"예? 엄마한테 무슨 말 들었어요? 뭐랬어요, 엄마가? 뭐 이상한 소리 한 건 없죠?"

"이상한 소리?"

"……."

두 사람의 대화가 끊겼을 때, 마찬가지로 붉어진 얼굴의 서대호와 김현우가 그들의 앞에 앉았다.

"둘이서 뭐 하고 있어."

"선배랑 진주 둘 다 얼굴 빨간 거 보니까…… 설마……."

"그런 거 아녜요."

"그럼?"

"에이, 대호 형. 우린 자리 비켜줍시다."

서대호와 김현우가 놀리기 시작하자 여진주는 어찌할 줄을 몰라 하며 강찬을 바라보았지만, 강찬 또한 어깨를 으쓱일 뿐이었다.

"앉아서 얘기나 하자."

"어이구, 우리 감독님이 앉으시라네."

"그럼 앉아야지요."

결국, 강찬의 만류에 장난스러운 표정으로 앉은 그들은 시상식과 영화 촬영에 대한 이야기를 나누었다.

기분 좋게 취한 네 사람은 그 이후로도 많은 대화를 나누었고 뒤풀이는 4차까지 이어졌다.

강찬 모자는 결국 4차까지 이어진 뒤풀이가 끝나고 나서야 집으로 향할 수 있었다.

택시에서 내린 강찬과 그의 어머니는 서로를 부축하며 계단을 오르기 시작했다.

"아이고, 한 여사님. 술도 못하는 양반이 뭐 이렇게 술을 많이 드셨어."

"아들이 대상도 받고, 대학도 합격할 것 같고, 영화감독이 된다는데 어떻게 엄마가 가만히 있니."

한연숙은 계단을 오르다 말고 강찬에게 말했다.

"그러는 아들놈은 고등학생이 누가 술 마시래."

"엄마가 마시라면서요."

"어머, 내가 그랬나?"

모자는 웃음을 흘리며 계단을 올랐고 곧 그들이 사는 임대 아파트가 보였다.

"이제 놀이터만 지나면 집……."

말을 하려던 강찬의 몸이 굳었다.

강찬의 집 앞 놀이터.

그곳 그네에는 한 명의 여자가 앉아 있었다.

까만 정장과 하이힐을 신은, 새하얀 피부의 여자가.

"아들?"

"어, 아냐. 엄마. 나 친구가 축하해 주러 온다고 그랬는데 깜빡했네. 먼저 들어가서. 잠깐 얘기만 하고 들어갈게."

그러자 그의 어머니가 눈을 흘겼다.

"아들 담배 피우는 거 아니지?"

"아냐. 금방 들어갈게."

"그래. 늦을 거 같으면 전화하고."

"응."

강찬은 어머니가 들어가는 것을 확인하고는 놀이터로 시선을 돌렸다. 그러자 새하얀 피부의 여자 또한 그를 바라보며 말했다.

"오랜만이죠?"

잊을 수 없는 목소리가 들려왔고, 강찬은 확신했다.

자칭 투자자, 천사인지 악마인지 모를 '그녀'가 분명하다.

◀ 5장 ▶

군계일학

"어, 오랜만이네요."

그녀는 그때와 똑같았다. 핏줄이 보일 정도로 새하얀 피부와 무표정 속 사연이 담겨 있는 얼굴,

"잘하고 있네요."

자기 하고 싶은 말만 하는 것도 똑같다. 어색함 속 헛웃음을 흘린 강찬이 답했다.

"덕분이죠."

"아뇨. 당신의 능력이에요. 전 기회를 주었을 뿐."

머쓱해진 강찬이 그녀의 옆 그네에 앉자 그녀가 말을 이었다.

"축하해요. 이제 첫걸음이네요."

"예."

궁금한 게 한두 가지가 아닌데 이런 식으로 대화하다간 물어보기도 전에 떠날 것 같다는 생각이 들었다.

인간이 아닌 존재지만 자신에게 호의적이니, 질문 정도는 괜찮지 않을까?

"예. 괜찮아요."

생각을 하면 곧바로 대답을 들을 수 있다. 참으로 편한 기능이다만 필터링이 없는 게 문제.

강찬은 발가벗겨진 것 같은 기분에 살짝 입술을 씹은 뒤 억지로 그녀와 눈을 맞추며 물었다.

"제가 얻은 능력, 그러니까 그림과 연기, 그리고 편집은 당신이 준 겁니까?"

"아뇨. 원래 지니고 있던 능력의 씨앗들이 발아(發芽)한 거예요."

발아라.

씨앗 때는 보이지도 않던 것들이 이제 막 땅 밖으로 싹을 틔웠다는 것인가.

"비슷해요."

"발아라면 더 발전할 가능성이 있다는 건가요?"

"그렇죠."

이 정도면 충분하다는 생각이 있었지만 성장할 가능성이 있다니 욕심이 들었다. 그림과 연기, 편집. 세 가지 모두 독자적인 위치에 오를 수만 있다면야.

말 그대로 만능 엔터테이너가 될 수도 있을 터.

"다른 능력이 생길 수도 있습니까?"

강찬의 질문에 그녀가 눈을 맞추었다. 흰자의 여백이 잘 보이지 않을 정도로 큰 동공. 마치 서클렌즈를 낀 것 같은 눈이 그를 바라본 순간.

기이한 느낌과 동시에 강찬은 명동 한복판에서 발가벗겨진 것 같은 수치심이 들었다.

당황한 강찬이 자신도 모르게 몸을 가렸을 때, 그녀가 답했다.

"예."

"그게 뭐죠?"

"아직 말씀드릴 수 없어요."

'아직'이라는 건 언젠가는 생길 수 있다는 거겠지. 캐물어봤자 대답해 줄 것 같지 않자 강찬이 입을 다물었다.

그러자 그녀가 말을 이었다.

"능력은 보상이에요."

"예?"

"당신에 나에게 준, 욕망에 대한 보상이죠."

욕망.

그녀가 강찬을 과거로 돌려보낼 때도, 강찬의 눈앞에 나타난 메시지도.

모두 욕망을 원하고 있었다.

그게 뭐기에?

사람을 과거로 돌려보내고, 능력을 쥐여 주면서까지 그녀가 얻고 싶어 하는 '대가'가 과연 무엇일까.

"욕망이라는 감정 그 자체요."

"이를테면 태산 아저씨가 저에게 건넨 천만 원. 그게 욕망이라는 겁니까?"

"순수한 욕망. 그게 대가예요."

욕망이라.

가볍게는 밥을 먹는 것부터, 크게는 권력까지. 전부 욕망이며 사람은 욕망으로 살아간다.

그걸 가져간다니.

"그럼 전 어떻게 되는 겁니까?"

"당신의 욕망을 가져가는 건 아녜요. 당신에게 지불된 욕망을 가져가는 거죠. 그 껍데기인 돈은 당신에게 남고."

"어렵네요."

"당신이 이해할 필요는 없어요."

독소 조항은 없으니 계약서에 사인하라던, 배급사 사장의 얼굴이 생각나는 건 왜일까. 고개를 휘휘 저어 잡념을 털어낸 강찬이 물었다.

"당신은 그거면 되는 겁니까? 내가 다른 이들에게 받은 욕망?"

"예."

그걸로 무얼 하는지, 어떻게 가져가는 건지는 물어봤자 답해주지 않을 터.

"알겠습니다."

어차피 알아낼 수 없다면 더 묻는 게 무의미하다.

강찬이 해야 할 것은 영화를 찍어 세계 최고의 감독이 되는 것. 그리고 100억 명에게 욕망을 받아내는 것이다.

'다른 것은 필요 없다.'

그녀가 자신의 욕망을 가져가는 게 아니라면야. 나에게 지불된 욕망을 가져가는 거고 돈도 나한테 남는다면야.

무엇이 문제가 되겠는가.

"맞습니까?"

강찬은 자신이 생각한 것이 맞는지, 그녀에게 물었고 그의 생각을 읽은 그녀는 고개를 끄덕였다.

"그럼 됐습니다."

'그래도 아쉬울 건 없다.'

첫째로 지금 가진 세 가지 능력을 더 키울 수 있다는 걸 알았으며. 둘째로 자신에게 아직 발아할 수 있는 능력이 남아 있다는 것을 알았고. 셋째로 욕망을 채우면 보상을 얻을 수 있다는 것을 알았다.

즉, 앞으로 욕망을 채워갈수록 더욱 큰 보상을 얻을 수도 있다는 소리.

강찬이 생각을 정리하는 사이, 그를 바라보고 있던 그녀가 입을 열었다.

"정확해요."

"그럼 다음 능력은 언제쯤 얻을 수 있습니까?"

"당신의 노력에 달렸죠."

노력이라.

그거야말로 강찬이 제일 자신 있는 것이었다.

그의 포부가 마음에 든 것일까, 그녀가 보일 듯 말 듯한 미소를 지으며 말했다.

"선물 하나 드리죠."

강찬이 이해가 안 된다는 표정을 짓자 그녀가 허공에 손을 저었다. 그러자 그의 남은 수명을 알려주었던 것과 같은 메시지 창이 떠올랐다.

[발아 능력: 그림 - 발아 1단계, 편집 - 발아 1단계, 연기 - 발아 1단계]

"세상에."

참으로 비현실적인 말들이었지만 강찬이 되돌아온 것 자체가 비현실 그 자체였다. 단박에 고개를 끄덕인 강찬이 물었다.

"발아는 몇 단계까지 있습니까?"

"5단계요. 그 이후는 개화하죠."

"개화를 하면 어떻게 됩니까?"

"역사에 이름을 남길 수 있어요."

그녀의 말을 듣자 문득 호기심이 생겼다.

"세종대왕이나 아인슈타인 같은 사람 말입니까? 그 사람들도 같은 경험을 한 겁니까?"

"그런 이도 있고, 아닌 이도 있죠."

말을 마친 그녀의 입술이 다시 열릴 기미는 보이지 않았다. 이 또한 물어봤자 알려주지 않을 것.

강찬이 고개를 끄덕이며 메시지창을 보는 사이, 그녀가 자리에서 일어섰다.

"시간이 됐네요."

"다음에 또 볼 수 있습니까?"

"당신에게 달렸죠."

말을 마친 그녀는 말 그대로 신기루처럼 사라졌다.

어안이 벙벙해진 강찬은 그녀가 앉아 있던 그네를 만져보았다.

"따뜻하네?"

따뜻한 그네가 아니었다면 술에 취해 꿈을 꿨을 거라 생각했을 것이었다.

'다음이면……'

다음에 만난다면 단순히 만나는 게 아니라 새로운 능력을 얻을 수 있을 것 같다는 예감이 들었다.

'이것도 능력인가?'

잠깐 고민하던 강찬은 다시 메시지창을 띄워보았지만 세 가지의 능력만 있을 뿐 새로운 능력은 없었다.

머쓱한 마음에 머리를 긁적인 강찬은 그녀가 앉아 있던 그네를 바라보며 말했다.

"다음에 봅시다."

시간은 쏜살처럼 지나갔다.

여름이 가고 가을이 왔으며 잠깐 사이 겨울이 찾아왔다.

[미래대학교 영상학부 수석 - 강찬]

영화 '우리들'을 통해 수석으로 합격한 강찬은 운동과 공부, 그리고 친구들을 만나며 시간을 보냈고 곧 미래대학교 영상학부의 OT 날이 다가왔다.

2006년, 2월 중순. 시내 카페.

강찬과 서대호, 그리고 여진주가 모였다.

"진주 데뷔 확정됐나 봐? 축하해."

"어떻게 알았어요?"

여진주의 얼굴을 보자마자 '기쁨, 환희, 자랑스러움' 같은 긍정적인 감정이 쏟아져 내렸다고는 말할 수 없었기에 강찬은 그냥 미소를 짓는 것으로 대답을 대신했다.

서대호는 강찬과 여진주의 얼굴을 번갈아 보다가 화들짝 놀라며 물었다.

"어? 진짜? 데뷔해?"

"네. 5인조 걸그룹으로 데뷔하기로 결정 났어요."

"왜 나만 몰라?"

"네가 관심이 없는 거지."

"맞아요. 언제는 친동생같이 생각한다더니."

"친동생처럼 생각하니까 관심이 없는 거지."

한바탕 웃고 난 여진주가 두 사람을 바라보며 물었다.

"그러고 보니 내일 OT랬죠?"

"응."

"인터넷 검색하다 알았는데, 미래대 공연학부 쪽 군기가 엄청 세대요."

"그렇다더라."

"남녀 할 거 없이 술도 엄청 먹인다던데."

그녀의 말에 서대호는 자신 있다는 듯 어깨를 폈다.

"난 걱정 없지."

"대호 오빠야 덩치가 있으니 그렇다 쳐도, 찬이 오빠는 술 잘 못 하잖아요?"

"별수 없잖아."

돌아오기 전에도 강찬은 술을 잘하는 편이 아니었다.

'몸이 망가지면서 늘긴 했어도…….'

공장 생활을 하며 매일 술을 마시다 보니 늘긴 했지만, 원래 주량은 소주 한 병 정도.

"뭐 어떻게든 되겠지."

대학생들이 주는 술이야 사회인의 기술로 흘리고 버리면 어떻게든 될 것이다. 못 피하면 정신력으로 버티면 될 것이고.

강찬이 고개를 휘휘 저으며 말을 이었다.

"어차피 놀고먹자고 가는 건데 죽이기야 하겠어."

"요즘 그런 뉴스 있잖아요. 대학 OT 가서 억지로 술 먹여서 급성 알코올중독 이런 거로 죽고 막 그런 거. 오빠도 조심해요."

여진주가 강찬을 바라보며 말했고 서대호는 흐뭇한 미소를 지으며 두 사람을 바라보았다.

어차피 여진주와 자신은 어울리지 않는다.

그렇다면야 강찬과 여진주를 엮어주고 떨어지는 떡고물을 받아먹으면 되는 거 아니겠는가.

서대호가 김칫국 한 사발을 시원하게 들이켜고 있을 때, 카페의 문이 열리며 김현우가 들어왔다.

"현우 왔네. 얼굴 밝은 거 보니까 쟤도 잘됐나 본데."

"아, 현우도 오늘 기획사 오디션 보러 간댔죠?"

춥지도 않은지 화려하게 차려입은 김현우가 세 사람이 있는 테이블로 방방 뛰며 다가와선 말했다.

"저 붙었습니다!"

"어디랬지?"

"라임나무 엔터테인먼트요."

라임나무라면 배우를 전문으로 케어하는 기획사. 대표하는 톱 배우도 몇 있는 데다가 사장이 배우 출신인지라 배우들을 잘 이해해 주는 곳으로 유명했다.

강찬이 돌아오기 전인 십수 년 후까지도 명맥을 유지하는 곳이기도 하고.

고개를 끄덕인 강찬이 말했다.

"잘됐네."

"축하해."

"감사함! 이게 다 찬이 형 덕이에요. 거기 사장님이 미래 단편제 시상식에서 '우리들' 보고서 한눈에 뻑 갔대요. 저한테!"

신이 난 김현우가 오디션에 대해서 이야기를 시작하는 사이, 강찬의 눈이 김현우에게 고정되었다.

'미래가 바뀌었다.'

김현우는 고등학교 졸업 후, 이름 없는 엔터테인먼트에 들어가 고생을 하다 서른 이후에 조금 빛을 본 뒤 다시 잊힐 운명이었다.

하지만 강찬과 만나 '우리들'을 찍고 그의 미래가 바뀐 것이었다.

'좋은 방향이겠지.'

어느새 말을 끝낸 김현우가 음료를 주문하러 갔고, 그사이 여진주가 말했다.

"이러면 다 잘됐네. 최 배우님도 이번에 조연으로 영화 들어간다 하시던데."

"이게 다 찬이 덕이지."

서대호가 강찬의 어깨에 손을 얹으며 말했고 여진주 또한 동의한다는 듯 고개를 끄덕였다.

강찬은 그저 미소를 지었고 두 사람은 그의 미소를 보여 말했다.

"근데 저 표정은 아무리 봐도 적응이 안 돼요."

"너도 그래? 나만 그런 줄 알았네. 뭔가 재수 없어 보인단 말이지."

곧 주문을 마친 김현우까지 합류해 이야기를 나누던 네 사람은 밤이 되어서야 헤어졌다.

그날 밤.

'대학이라.'

기대와 설렘은 있었지만, 걱정이 되진 않았다.

아무리 한국의 수재들만 모아놓은 미래대라 해봤자, 아직 현장에서 뛰어본 적 없는 햇병아리들일 뿐이다.

'그럼 난 장닭…… 아니, 학쯤 되나.'

미래 영화 산업이 어떻게 될지를 알며 십수 년간의 영화판 경험을 지니고 있으니.

그저 기대가 될 뿐이었다.

어떤 아이들이 있을지, 그리고 어떤 원석들이 자신을 연마해 줄 사람을 기다리며 빛을 내고 있을지에 대해서.

2006년 2월 22일.

미래대학교 예술관 앞.

"자자, 1번부터 40번까지는 여깁니다."

"41번부터 80까지는 이 버스예요!"

미래대학교 캠퍼스에 처음으로 발을 들인 날이지만 학교를 구경할 새도 없었다.

5대의 대형 버스와 149명의 새내기, 그리고 그들을 통제하는 고학년생들과 교수들로 인해 인산인해를 이루고 있었다.

"너 97번이지?"

"응. 난 3번 차다. 넌 1번이니까 1번 차네. 설마 이것도 성적순인가?"

미리 배부받은 번호표에는 이름과 사진, 학부와 번호가 쓰여 있었는데 강찬은 1번이었고 서대호는 97번이었다.

"그럼 도착해서 보자."

"그래. 예쁜 애들 있으면, 어! 알지?"

서대호는 되지도 않는 윙크를 해 보이며 4번 차로 향했다.

나름 OT라고 멋을 낸 이들이 수두룩했지만, 강찬의 눈에는 다 고등학생으로 보일 뿐이었다. 순서를 기다려 버스에 오른 강찬은 좌석에도 숫자가 붙어 있는 것을 발견했다.

1번이 붙어 있는 자리는 운전석 바로 뒤 창가.

그리고 1번의 옆자리 2번에는 단편제에서 최우수상을 수상한 이세정이 앉아 있었다.

'설마.'

시상식 때 '대상'이라 쓰인 팻말을 붙여놓을 때부터 예상은 했지만, 이 정도로 성적순이란 말인가.

강찬이 멍하니 바라보는 사이, 이세정이 안으로 들어오라는 듯 옆으로 비키며 말했다.

"안녕. 이제는 동기니 말 편하게 해도 되지?"

"그래. 근데 네 옆에 1번, 그거 내 자리야?"

이세정은 대답 대신 턱짓으로 1번 아래 작게 쓰여 있는 이름을 가리켰다.

[1. 강찬]

자신의 이름을 확인한 강찬은 실소를 흘리며 이세정의 옆에 앉았다. 버스 좌석 중에서도 제일 앞.

"그럼 버스 좌석 배치가 다 성적순인 건가?"

"그런 거 같아. 내 친구 정시로 왔는데 추가 합격으로 붙었거든. 걘 149번이더라."

06년 영상학부 총원이 149명이다. 추가 합격으로 붙은 인원이니 마지막으로 치는 모양이었다.

자리에 앉은 강찬이 짐을 정리하는 사이, 학생들이 들어와 좌석을 채우기 시작했고 곧 버스가 가득 들어찼다.

그사이 이세정은 노트를 꺼내 무언가를 적기 시작했다.

강찬이 슬쩍 보려 몸을 기울이자 그 낌새를 읽은 이세정이 노트를 가렸다. 그러곤 검은 뿔테 사이로 무시무시한 눈빛으

군계일학 223

로 말했다.

"할 말 있어?"

얼핏 보아 대사나 지문 처리가 되어 있는 것을 보아 대본인 것 같았다.

"아니, 뭐 하나 해서."

"작업."

"그래. 열심히 해."

강찬이 관심 없다는 제스처를 보이며 고개를 돌리자 이세정 또한 다시 원고에 집중하기 시작했다.

곧 교수와 고학년 한 명이 탑승했고 간단한 소개와 함께 강원도로 향하는 버스가 출발했다.

영상학부는 연출, 편집, 음향, 촬영, VFX&Animation. 총 5개의 과로 나뉘어 있었다. 앞의 4개는 영상에 관련된 학과였으며 마지막 V&A과는 특수 효과와 애니메이션을 합친 과였다.

1학년 때는 원하는 과의 강의를 골라 들을 수 있으며 2학년부터는 과를 정해 더욱 깊이 배우게 된다.

"자, 그럼 설명 끝."

설명을 마친 선배는 짝짝, 하는 박수를 쳤다.

저게 뭐 하는 짓인가 보고 있자니 다른 테이블에서 설명을 하고 있던 이들 또한 설명을 마치고 박수를 치고 있었다.

그리고 모든 선배가 박수를 쳤을 때.

강당 안, 양쪽 문이 열리며 술과 음식이 들어오기 시작했다.

"⋯⋯누가 영상학부 아니랄까 봐. 이런 걸 다 연출하고 앉았네."

이세정의 신랄한 비판과 함께 테이블에 술과 음식이 세팅되기 시작했다.

몇몇 새내기가 선배들을 돕겠다고 일어났다가, '내년에는 꼭 네가 하렴' 하는 친절한 멘트를 듣고선 함께 다시 앉았다.

소주와 맥주, 종이컵과 일회용 그릇, 그릴과 버너, 고기와 소시지, 간단한 야채들까지. 음식을 본 서대호가 입맛을 다시며 말했다.

"이야⋯⋯ OT비가 안 아깝네."

"그러게."

"이렇게 막 주면 모자라지 않나?"

"알아서 하겠지."

대학 청렴도 평가 5년 연속 1위 대학인 미래대답게 OT의 음식 또한 질이 괜찮았다.

강찬의 옆에 앉아 있던 서대호가 입맛을 다시는 사이 세팅이 끝나고, 어느새 마이크를 쥔 학장이 말했다.

"모자란 건 이쪽에 준비되어 있습니다. 자, 이제 먹고 마시고 즐기세요."

박수 소리와 함께 술자리가 시작되었고 강찬은 자신도 모르게 시계를 내려다보았다.

이제 오후 1시.

'이래야 대학교지.'

강찬이 시계를 보는 사이, 아까 설명을 했던 여선배가 소주병을 흔들며 말했다.

"니들끼리 두면 어색해서 아무것도 못 하겠지?"

그녀는 능숙한 손놀림으로 소주를 흔들며 종이컵을 주르륵 깐 뒤 따르기 시작했다. 컵에 소주 1/4, 맥주 3/4를 따른 그녀는 젓가락으로 휘휘 저은 뒤 학생들에게 나눠주며 말했다.

"나는 연출과 2학년 한수정이야. 자, 그럼 마시자!"

동그란 얼굴에 단발이 잘 어울리는 한수정의 주도 아래 강찬과 새내기들이 잔을 비우기 시작했다.

한 잔은 두 잔이 되었고 곧 빈 병이 바닥을 구르기 시작했다.

모두의 얼굴이 붉어져 갈 무렵.

"아아, 집중해 주세요."

어느새 마이크를 잡은 선배 한 명이 무대 위로 올라서며 말했다.

"그냥 술만 마시면 재미없죠? 그래서 게임을 하나 준비했습니다."

선배의 뒤를 이어 테이블이 올라왔는데 테이블 위에는 브랜드 있는 양주와 향수, 지갑 등 다양한 물건들이 올라와 있었다.

"다들 취해서 정신없어 보이니 간단히 설명할게요. 이 게임은 승자 독식입니다. 맞추는 사람이 여기 놓인 R 브랜드의 지갑, S 브랜드의 향수, J 브랜드의 양주를 모두 가져갑니다."

그의 말에 학생들의 환호가 터져 나왔다. 사회 초년생이 사기에는 조금 무리가 있는 가격대의 물건들을 퀴즈만 풀면 준다는데 환호하지 않을 이가 있겠는가.

"총 5개의 문제가 있습니다. 우리 영상학부에는 5개의 과가 있죠? 촬영, 연출, 음향, 편집, V&A. 이 5개에 관련된 문제를 냅니다. 그중 4개를 맞추면? 전부 갖습니다. 3개만 맞추면? 2개. 2개는 1개. 그 아래로는 아무것도 없습니다."

말 그대로 승자 독식.

아직 문제도 출제되지 않았지만, 강찬은 자신이 없었다.

맞추지 못할 자신이.

영화사 공부를 했어도 이들의 몇 배는 했으며 실전 경험은 몇십 배는 될 것이다.

'지갑은 내가 쓰고…… 향수는 어머니가 쓰시기는 너무 애들 브랜드니까 진주 주고, 어머니는 하나 사드리면 되겠네.'

술잔을 든 채 상상의 나래를 펼치는 강찬의 얼굴에 미소가 번졌다.

"이해 안 되시는 분 없죠? 자, 그럼 문제 나갑니다."

마이크를 든 학생회장은 긴장감을 고조시키려는 듯 짧은 숨을 몰아쉰 뒤 말을 이었다.

"하나, 영화사 최초의 풀 3D 영화는 무엇일까요? 둘, 삼점 조명이란 무엇이며 그 요소는? 셋, 최초의 영사기 이름은 무엇이며 만든 사람은? 넷, 최초의 장편 유성 영화의 감독과 제목은 무엇일까요?"

네 개의 문제가 출시되었을 때, 강찬이 손을 들며 말했다.

"정답이요."

"……예? 아. 예. 문제가 하나 남았는데 괜찮으시겠어요?"

"예."

"그럼 이름과 번호를 말한 뒤…… 진행 요원, 저 학생한테 마이크 좀 가져다주세요."

강찬이 마이크를 기다리고 있을 때, 무대 위에 선 연출과 학생회장 한철희의 등골에는 식은땀이 흘렀다.

'설마 다 맞추겠어? 기껏해야 2개 정도 맞추고 물건 하나 타가겠지.'

아니, 그래야 한다.

이 퀴즈의 목표가 그거니까.

여러 방면으로 공부하지 않았다면, 공부를 했다 하더라도 관심이 없는 분야라면 모를 수밖에 없는 문제들이다.

놓칠 수 없는 상품과 어려운 문제.

힌트를 얻기 위해선 술을 마셔야 하고, 그 과정에 보는 사람도, 참가하는 사람도 즐거운 그런 퀴즈.

한데 내자마자 맞춰 버리면 준비한 사람이 뭐가 되겠는가.

아직 힌트를 얻기 위해서 술을 마셔야 한다는 말도 못 해봤는데.

"1번 강찬입니다."

그의 이름을 들은 순간.

마이크를 들고 있던 한철희의 손에 힘이 빠졌다.

하필 수석이라니. 왜인지 불안한 느낌에 한철희는 마른 입술을 적시며 말했다.

"예. 말씀하세요."

"1번, 영화사 최초 풀 3D 영화는 존 라세터의 1995년 작품 '토이스토리'입니다. 2번, 삼점 조명은 인물을 조명하기 위해 사용하는 조명기법이며 키라이트와 필라이트, 그리고 백라이트로 구성되어 있습니다. 3번, 최초의 영사기는 키네토스코프이며 만든 사람은 토머스 에디슨. 4번, 최초의 유성 영화는 '재즈 싱어'이며 워너 브로스에서 제작했고 감독은 앨런 크로스랜드입니다."

강찬이 정답을 이야기하는 동안 한철희는 두 눈을 부릅뜬 채 그의 말에 집중했다.

'제발 하나만 틀려라.'

하나만 틀린다면 거기서 말을 끊고 재도전 기회를 안 주면 된다. 그럼 어떻게든 끌어갈 수 있을 터.

하지만 강찬은 정답지를 보고 있는 사람처럼 정확한 답안을 이야기했고 결국 한철희의 얼굴은 울상이 되고 말았다.

"……괜히 수석이 아니네요. 네 문제 모두 정답입니다. 올라와서 상품 받아 가세요."

박수와 환호가 아닌, 탄식과 감탄 그리고 질시가 담긴 시선이 강찬에게 몰려들었다.

강찬이 틀리길 바라던 이세정은 허탈한 한숨과 함께 말했다.

"재수 없어."

"그렇지?"

이세정의 말에 격하게 공감한 서대호가 답하며 잔을 들었고 이세정은 헛웃음을 흘리며 마주 잔을 들었다.

가볍게 건배를 한 두 사람이 잔을 비웠다. 서대호가 다시 잔을 채우는 사이, 이세정이 물었다.

"둘이 친하지 않아?"

"오래 알았으니까."

"원래 재수 없어?"

"싹수가 보이긴 했는데 영화 찍으면서 아주 꽃을 피웠지."

서대호의 악의 없는 말투에 이세정이 미소를 지었다. 이렇게 진심이 담긴 뒷담을 하면서도 말투에서는 강찬을 자랑스러워하는 것이 느껴졌다.

그것도 잠시.

이세정이 짧게 혀를 차며 말했다.

"에디슨이 키네토스코프를 만들었다고? 재즈 싱어는 또 무슨 영화야."

앞서 달리고 있는 사람의 등이라도 보여야 따라잡을 의지가 생기는 법이다.

'감도 안 오네.'

짧은 한숨과 함께 고개를 숙였던 이세정은 다시 무대를 바라보았다.

무대 위에서는 영혼이 빠져나간 한철희가 강찬에게 상품을 건네고 있었다. 곧 강찬이 양손 가득 상품을 들고 테이블에 도착하자 서대호가 잔을 들이밀었다.

"축하한다. OT 첫날부터 스타 되셨네."

기분 좋은 미소를 지은 채 그의 잔을 한 번에 들이켠 강찬이 말을 받았다.

"고맙다."

강찬이 모든 걸 쓸어 간 퀴즈는 그대로 끝났다.

이대로 끝낼 수는 없었기에 급히 공수해 온 양주를 건 퀴즈가 다시 시작되었다.

하지만 강찬이 찬물을 한 바가지 부어버린 상황. 퀴즈에 참가하는 이들은 거의 없었고 테이블끼리 술을 마시는 분위기가 되어버렸다.

"에이 씨, 안 해."

결국, 큐카드를 집어 던진 연출과의 학생회장 한철희는 상품으로 예정되어 있던 양주를 양손에 한 병씩 들고선 강찬의 테이블로 걸어갔다.

"여, 강찬 학생?"

"예?"

그는 소주를 따르듯 종이컵 가득 양주를 따르며 말을 이었다.

"내가 연출과만 3년에 단편만 4개를 찍었거든. 근데 오늘 나온 문제 중 2개밖에 몰랐단 말이지. 따로 공부한 거야?"

"영화감독이 꿈이라서요."

강찬의 말에 허, 하고 헛웃음을 흘린 한철희가 강찬에게 잔을 내밀었다.

"이게 그, '교과서 위주로 예습, 복습했더니 서울대 갔어요' 하는 거랑 같은 거지?"

말을 마친 한철희는 미소를 띤 채 강찬과 잔을 부딪쳤고 종이컵 가득 채워진 양주를 한 모금에 털어 넣었다.

그 모습을 본 강찬 또한 눈을 질끈 감고선 목구멍으로 양주를 털어 넣었다.

"크으으으으"

식도부터 위장까지, 불타오르는 느낌과 함께 양주의 이동 경로가 느껴졌다.

"어차피 퀴즈도 그른 거, 우리 수석님이랑 술이나 마셔야지. 야, 수정아. 너도 앉아."

주변 테이블을 돌며 새내기들을 챙겨주고 있던 여선배, 한수정도 테이블에 앉았고 곧 양주잔이 돌기 시작했다.

"그래서 그 유명한 '우리들'은 언제 볼 수 있나?"

"맞아. 너희는 직접 봤지? 어때?"

한철희와 정수정은 아예 자리를 잡고 술을 마시기 시작했다.

술이 들어갈수록 다른 새내기들은 슬슬 자리를 피해 테이블을 벗어났고 그 빈자리는 새로운 선배들이 채워 나가기 시작했다.

결국, 새내기는 강찬과 이세정, 그리고 서대호 세 사람만 남았고 나머지는 전부 선배로 채워졌다.

"마셔라! 부어라!"

이세정과 서대호는 상당히 잘 버티고 있었다.

서대호는 원래 잘 마시니 그렇다 쳐도 이세정은 의외였다.

검은 뿔테 아래 보이는 눈은 진작에 풀려 있었지만, 넙죽넙죽 받아 마시는 게 그다지 취해 보이지 않았다.

"세정이도 술 잘 마시네."

"그러게. 이 삼인방, 주시해야겠어."

두 번 주시당했다간 술독에 빠져 죽겠다.

술을 마시는 건지, 내가 술을 마시는 건지 분간도 없는 와중에 강찬의 핸드폰이 울렸다. 핸드폰을 확인하니 여진주로부터 온 문자가 있었다.

-잘 놀고 있어요? 벌써부터 술 마시고 있는 건 아니죠?

아니긴.

자판을 제대로 누를 수 없을 정도로 취한 강찬은 눈을 끔뻑이며 겨우 답장을 보냈다.

-군기는 모르겠고 술은 죽도록 마시고 있다.

영상학부 군기가 세다 그러더니, 군기를 술로 잡는 모양이었다.

시계를 보니 이제 오후 3시.

아직도 해가 중천인데 여기저기 널브러져 사경을 헤매고 있는 이들이 한가득했다.

화장실을 간다는 핑계로 밖으로 나온 서대호와 강찬은 눈이 쌓인 난간에 몸을 기댔다.

"으어, 취한다."

서대호는 난간에 쌓여 있는 눈으로 얼굴을 문질렀고 조금 정신이 드는지 강찬을 바라보며 물었다.

"괜찮냐?"

"바람 쐬니까 좀 괜찮은 거 같네. 너는?"

"죽을 거 같아."

바람을 쐰 덕일까, 방금까지 빙빙 돌던 시야가 조금은 안정된 느낌이었다. 마치 급속도로 술이 깨는 약을 먹는다면 이런 느낌이 들지 않을까?

강찬은 머리가 맑아지는 것을 느끼며 서대호에게 말했다.

"양주만 4병은 마셨지."

"거기에 소주에 맥주까지…… 위장이 나한테 쌍욕을 하는 게 들린다."

강찬이 실없이 웃는 사이, 하얀 눈을 만지작거리던 서대호는 문득 강찬을 바라보며 물었다.

"너 그사이 술이 늘었다? 전에 이거 반도 안 마셨을 때 죽으려고 그랬잖아."

"말이 되냐. 얼마나 됐다고 그새 술이 늘어."

얼마나 마셨다고 술이 세진단 말인가. 주량이 늘려면 많이 마셔야 한다. 아니면 능력이 발아하거나.

그 순간.

강찬의 미간이 굳었다.

'가만, 이것도 능력인가?'

강찬은 곧바로 그녀가 알려준 방법대로 능력을 확인했고.

[발아 능력: 그림 - 발아 1단계, 편집 - 발아 1단계, 연기 - 발아 1단계]

[신규 발아 능력: 음주 - 1단계]

새로 추가된 능력을 발견했다.

"으하하하하."

능력을 확인한 강찬이 갑자기 웃음을 터뜨리자 서대호가 놀라며 물어왔다.

"뭔데, 갑자기 왜 그래."

"아냐. 그냥 안 취하는 이유를 알 거 같아서."

"왜?"

"들어오기 전에 여명 하나 마셨었거든."

그의 대답에 고개를 끄덕인 서대호는 이내 다시 물었다.

"근데 그게 뭐가 웃겨?"

"취한 사람 행동에 이유가 있나."

서대호는 미친 사람 보는 듯한 눈으로 강찬을 바라보았지만, 그는 여전히 미소를 띠고 있었다.

'음주 능력 발아라니.'

이런 것까지 생긴단 말인가.

그림과 연기, 그리고 편집은 전문가 수준이었다.

그렇다면 음주의 전문가는 어떨까.

"들어가자."

"어? 벌써?"

"아니다. 있다 들어와. 먼저 들어갈게."

능력을 사용해 볼 생각에 신이 난 강찬은 가벼워진 발걸음으로 안으로 들어갔고, 그의 뒷모습을 보고 있던 서대호는 고개를 절레절레 저었다.

'음주' 능력은 말 그대로 술을 마시는 능력이었다.

술을 얼마나 마시던 기분 좋은 정도까지만 취했으며, 정신을 집중하면 조금의 취기마저도 사라졌다. 반대로 능력을 제한하면 얼마든지 취할 수 있었다.

"이건 이거 나름 엄청난 능력이네."

"뭐?"

"아닙니다. 한 잔 받으세요."

술로 군기를 잡는 미래대 영상학부답게 선배들의 주량은 엄청났다.

하지만 강찬의 능력은 그것을 초월하는 치트키나 다름없었고 결국 선배들마저 하나둘씩 나가떨어지기 시작했다.

"이거 재밌네."

취한 사람 구경, 그것도 자신을 취하게 만들려는 이를 만취 상태로 만드는 것은 생각보다 재미있었다.

일기토에서 승리한 장수의 기분이랄까.

"이거 완전 술고래 아니야?"

"아까 취했던 거 연기지?"

"바람 쐬니까 깨더라고요. 그건 그렇고 뭐 하십니까. 잔이 찼습니다. 쭉 들이켜시죠."

"그래, 죽어보자."

강찬과 선배들, 그리고 이세정과 서대호는 술을 물처럼 들이붓기 시작했고 그들의 주변으로 빈 병이 굴러다녔다.

그리고 빈 병이 박스 단위가 되었을 때.

"안 마셔. 아니, 이제 더 못 마셔."

끝까지 버티던 학생회장 한철희까지 뻗었다. 결국, 테이블 하나를 전멸시킨 강찬은 마지막 남은 잔을 입에 털어 넣었다.

"크으."

음주 능력이 발아했다지만 술이 쓴 건 매한가지였다.

그리고 그때, 강찬의 눈앞에 익숙한 메시지가 떠올랐다.

[능력 단계 상승: 음주 - 2단계]

[발아 진로 선택 가능]

[선택지]

[애주: 취기 조절을 더욱 능숙하게 할 수 있다.]

[미주: 술의 맛을 더 잘 알 수 있다.]

"……뭐?"

술에 취해 헛것이 보이나 하는 생각도 잠시. 눈을 크게 뜬 강찬이 다시 한번 메시지를 읽어보았다.

'능력이 성장했구나.'

편집이나 연기, 그림 능력은 그렇게 사용해도 그대로더니 음주는 생긴 지 세 시간도 채 되지 않아 올랐다.

제일 처음 2단계가 된 능력이 음주라는 게 아쉽긴 했지만 그래도 능력이 성장하는 것을 직접 보았다는 사실에 기분이 좋았다.

'하긴, 죽도록 마셨으니까.'

강찬의 눈이 메시지를 떠나 주변에 굴러다니고 있는 술병들을 바라보았다. 소주만 두 박스가 넘었고 싸구려 양주도 다섯 병이 넘게 비워져 있었다.

아무리 열 명이 넘는 사람이 마셨다지만 굉장히 많다.

일반적인 술자리를 몇 번은 가질 수 있을 정도의 양. 그걸

한 번에 들이부었으니 능력의 등급이 올라간 것도 이해가 되었다.

'일단 보자.'

지금 중요한 것은 무슨 차이가 있느냐가 아닌, 능력이 성장했다는 것. 그리고 선택지가 나왔다는 것이었다.

'애주와 미주라.'

취기 조절은 지금도 충분했다.

사람이 살면서 이렇게 많은 술을 마실 일이 얼마나 더 있겠는가.

'그렇다면 미주인데. 소믈리에 같은 건가?'

맛을 보는 것만으로 와인의 생산연도와 생산지, 그리고 재료를 파악해 낼 수 있는 이들.

취기 조절을 더욱 능숙하게 하면 어떻게 될까 궁금하기도 했지만, 미주 쪽이 더 끌렸다. 강찬은 긴 고민 없이 미주를 선택했고.

[음주 - 2단계 (미주)]

능력이 업그레이드되었다.

"그럼 소주부터."

돌아오기 전 가장 즐겨 마시던 술이었기에 어떤 색다른 맛이 느껴질지 궁금했다. 강찬은 곧바로 소주를 따라 마셨다.

"켁."

혀에 닿자마자 느껴지는 어마어마한 알코올 향기에 강찬의 미간이 찌푸려졌다. 알코올 다음으로는 쓴맛, 그리고 인공적인 단맛이 차례로 느껴졌다.

지금까지는 느껴본 적 없는 다채로운 맛의 향연에 강찬은 소주 한 잔을 세 번에 나눠서 마신 뒤에야 다른 술을 마셔보았다.

두 종류의 맥주와 싸구려 양주.

지금껏 먹던 술들이었지만 느껴지는 게 확연히 달랐다. 절대 미각을 가진 미식가가 된 기분에 강찬은 미소를 지었다.

"신기하네."

요리 혹은 식사도 능력으로 발아시킬 수 있다면? 다른 능력들이 발아하면 어떻게 될지 상상의 나래를 펼쳐보았다.

'일단은 저거부터.'

강찬의 시선이 구석에 쌓여 있는 술 상자로 향했다.

백 병은 거뜬히 넘을 것 같은 양의 술. 저걸 다 마신다면 음주 능력이 발아 3단계에 오르는 것도 무리는 아닐 것 같았다.

일단 가진 것에 집중하기로 마음먹은 강찬은 그대로 일어나 다른 테이블로 향했다. 결정을 했으니 행동으로 옮길 차례였다.

흥이 오른 강찬은 잔을 들고 테이블을 돌았고 날이 바뀔 때까지 술을 들이부었다.

선배와 동기, 나아가 교수들의 테이블까지 전멸시킨 그는 홀로 적진을 부순 장군의 기분을 느끼며 자신의 방으로 돌아왔다.

"후."

방으로 돌아온 강찬은 이불을 덮고 누워 핸드폰을 들었다.

핸드폰에는 네 개의 메시지가 와 있었는데 세 개가 여진주였고 하나는 최윤식이었다.

여진주가 보낸 것은 일상적인 내용의 문자였고, 최윤식은 시간이 되면 전화를 달라는 내용이었다.

'무슨 일이지?'

최윤식은 영화 '우리들' 이후 상업 영화의 조연으로 캐스팅되었다. 한창 바쁜 상황에 감사를 전하려고 문자를 남기진 않았을 터.

'내일 전화드려 봐야겠네.'

생각을 정리한 강찬은 핸드폰을 놓고 눈을 감았다.

다음 날.

강찬은 서대호의 코 고는 소리에 눈을 떴다.

그렇게 퍼마셨는데도 숙취는커녕 정신이 맑았다. 기지개를 켠 강찬은 아직 코를 골고 있는 서대호에게 베개를 집어 던져 깨운 뒤 말했다.

"밥이나 먹으러 가자."

콘도의 식당은 뷔페식이었기에 강찬은 접시 하나를 들었다.

그리고 첫 음식을 집은 순간, 강찬의 전화가 울렸다. 발신인을 확인하니 배우 최윤식이었다.

"예, 최 배우님."

-강 감독. 잘 지내고 있죠?

"그럼요. 배우님 이번에 영화 촬영 들어가셨다면서요. 축하드립니다."

-고마워요. 다 강 감독 덕이죠. 그건 그렇고 지금 통화 괜찮아요?

"예. 안 그래도 전화 드리려 했는데. 어쩐 일이세요?"

강찬은 목과 어깨 사이에 핸드폰을 끼운 채 음식을 접시에 놓았다.

-전에 강 감독이 준 CD 기억하죠?

"예."

-별일은 아니고. 다음 주쯤에 시간 돼요?

"아직 개강 전이라 넉넉하죠."

강찬은 '우리들'의 편집본을 CD로 만들어 관계자들에게 나누어주었다. 주연으로 출연한 최윤식이 몇 장 챙겨 간 것은 당연한 일.

그가 누군가에게 CD를 주었거나 영화를 보여주었고, 흥미를 보인 누군가가 강찬을 만나고 싶어 하는 모양이었다.

강찬의 생각이 정리될 무렵 최윤식이 말을 이었다.

-그걸 아는 프로듀서가 봤는데 강 감독을 한번 만나보고 싶다고 해서요.

강찬은 자신의 예상이 적중하자 천천히 고개를 끄덕이며 말했다.

"영화 쪽 프로듀스하시는 분이신가요?"

-아, 맞아요. 극단 쪽 PD 하시다 영화판으로 넘어가신 분이에요.

프로듀서.

대개 TV 프로그램의 프로듀서, 즉 PD를 생각하겠지만 영화판에서는 다른 뜻으로 쓰인다.

감독이 장면을 만들어낸다면 프로듀서는 영화 작업 전체를 책임진다.

간단히 이야기하자면 시나리오를 확보하고 감독을 뽑는 일부터 예산에 맞춰 영화를 만드는 일까지, 말 그대로 영화를 '제작'하는 사람이 프로듀서다.

강찬의 입장에서는 거부할 이유가 없는 제안이었다. 프로듀서 사이에도 급이 있긴 하지만 어쨌거나 같은 업계.

한 명을 알아둔다면 그 인맥을 이용할 수 있을 것이었다.

"저야 좋죠. 근데 프로듀서 분 성함이 어떻게 되시나요?"

강찬이 가진 최고의 강점은 미래를 알고 있다는 것. 개중 가장 크게 이용할 수 있는 건 사람이었다.

미래에 성공할, 능력 있는 원석들의 이름을 알고 있기에 그들이 크기 전에 발굴해 내 곁에 둔다면 자신을 빛내줄 것이 분명했으니.

-안민영 씨요. 혹시 아세요?

"아뇨. 처음 들어요."

아쉽게도 정말 처음 듣는 이름이었다.

-그렇구나. 그럼 다음 주에 보는 거로 말해둘게요.

"네. 그럼 다음 주에 뵙겠습니다. 영화 대박 나세요."

-하하, 고마워요.

전화를 끊은 강찬은 음식을 마저 담고선 서대호가 앉아 있는 테이블에 가서 앉았다. 그러자 접시로 산을 쌓고 있던 서대호가 물어왔다.

"무슨 전화를 그리 오래 해."

"아, 최 배우님. 다음 주에 보자고 하시네."

"무슨 일로?"

간단히 설명해 주자 서대호가 고개를 끄덕였다.

영화를 찍는 일은 감독 홀로 하는 일이 아니다. 수십, 수백의 사람이 영화 제작이라는 하나의 목표를 가지고 함께 노력해야 할 수 있는 일.

큰 스케일의 영화일수록 많은 사람이 필요한 건 당연한 일이고, 그 모든 일을 서대호와 강찬 두 사람이 할 순 없다.

그걸 아는 서대호였기에 고개를 끄덕인 것이었다.

"그건 그렇고 어제 너 혼자 테이블 다 돌았다며. 괜찮냐?"

"멀쩡해."

"거 신기한 놈일세."

얼마 전까지만 해도 한 병만 먹어도 골골대던 놈이, 이제는 소주를 궤짝으로 마시고 다니다니. 이해할 수 없는 노릇이었지만 눈앞에 그걸 해낸 놈이 있으니 안 믿을 수도 없었다.

고개를 휘휘 저은 서대호가 음식을 더 가지러 간 사이, 풀때기만 가득 담긴 접시를 든 이세정이 그의 앞에 앉았다. 어제 함께 어울리던 여자아이들이 안 보이는 걸 보니 혼자 온 모양이었다.

강찬이 그녀에게 물었다.

"왜 혼자야?"

"애들 씻고 화장한다잖아. 배고파 죽겠는데."

"배고픈데 풀만 먹어?"

"남이야."

"씻긴 했나?"

이세정은 예의 그, 뿔테 사이로 노려보는 눈빛으로 강찬의 입을 다물게 한 뒤 다시 식사에 열중했다.

자세히 보니 참 날카로운 상이다.

외모와 능력을 모두 갖춘 커리어 우먼. 그것도 성격 더러운 직장 상사 같은 느낌의 얼굴이랄까.

강찬이 다른 생각을 하는 사이, 음식을 가져온 서대호가 이세정과 인사를 하며 자리에 앉았다.

그는 자리에 앉자마자 한입 가득 새하얀 쌀밥을 욱여넣으며 물었다.

"다음 영화는 정했어?"

"아직."

시나리오야 얼마든지 있지만, 문제는 제작 비용이었다.

지금 강찬이 가진 돈은 천만 원.

결코 적은 돈은 아니지만, 영화 제작비로 따지자면 한없이 적은 돈이었다.

"하긴 강의 듣고 과제 하고 다 하면서 영화 찍긴 힘들겠지?"

"창작물 학점 인정제 있잖아."

서대호의 말에 대답한 것은 이세정이었다. 서대호가 의아한 표정을 짓자 그녀는 젓가락 끝에 샐러드를 든 채 말을 이었다.

"수업이나 과제를 하지 않는 대신 창작물로 학점을 받는 제도. 그러니까 너희가 수업을 다 빠져도 영화가 제대로 나오면

학점으로 인정해 준다는 거지. 학점은 교수님 마음이라고는 하더라."

강찬이 미래대를 택한 데는 저 제도도 한몫했다. 강찬에게 필요한 것은 대학에서 얻을 수 있는 지식이 아닌, 대학의 이름이었으니까.

강찬이 고개를 끄덕이는 사이 서대호는 처음 들었다는 듯 눈을 동그랗게 뜨며 물었다.

"모든 수업을?"

"그건 그런데, 그럴 거면 대학 다니는 의미가 없잖아. 선택과 집중을 해야지."

당연한 대답이지만 서대호는 진심으로 감탄했다는 듯 오, 하는 탄성을 흘리며 엄지를 치켜들었다.

"세정이 말대로 영화는 계속 찍을 거야. 문제는 돈이지. 어디서 한 1억 안 떨어지나?"

제대로 된 투자자를 구하기 위해서는 '우리들'보다 임팩트 있는 영화를 찍어야 한다. 그걸로 강찬이라는 감독이 상업성이 있다는 것을 입증해야만 투자자들과 대화라도 해볼 수 있었다.

과거로 돌아올 줄 알았다면 복권 번호라도 외워둘 것을.

'돈 버는 능력은 없나. 100명의 욕망을 채우면 100만 원을 준다거나.'

실없는 생각을 하며 밥을 먹던 강찬의 젓가락이 갑자기 멈추었다.

"야, 대호야."

"어?"

"너 '우리들' 재밌게 봤지?"

"갑자기 헛소리야. 물론 재밌게 봤지."

"그럼 그거에 대한 값으로, 감독인 나한테 백 원쯤 지불할 수 있지?"

"얘가 어제 술을 너무 마셨나? 아니면 취기가 이제 올라오냐?"

뜬금없는 헛소리에 서대호가 웃음을 터뜨렸다. 하지만 강찬은 진지했다.

만약 '우리들'을 관람한 이들에게 돈을 받는다면 그것 또한 욕망으로 인정될 것인가?

인정이 된다면?

'100명 정도는 쉽게 만들 수 있다.'

그리고 100명의 욕망을 얻는다면 분명 보상이 있을 터.

장난인 줄 알고 웃고 있던 서대호는 심상치 않은 강찬의 표정에 의아해하며 물었다.

"진심이야?"

"그냥 동기부여라 생각해. 다음 작품을 찍을 수 있는."

서대호는 이해를 하는 얼굴은 아니었지만 알겠다는 듯 주머니에서 동전을 꺼내 건넸다.

"백 원이면 돼?"

강찬이 동전을 받았을 때.

두 사람의 대화를 듣고 있던 이세정이 주머니를 뒤적거렸다. 곧 구겨진 천 원짜리 한 장을 꺼낸 그녀는 강찬의 앞으로 돈을 밀었다.

"넌 왜?"

"나도 재미있게 봤으니까. 오해했던 것도 미안하고."

"오해?"

이세정은 강찬이 자신을 제친 게 실력이 아닌, 다른 무언가가 있을 것이라 생각했었다. 이를테면 딸의 데뷔작이 잘되길 바라는 배혜정의 입김이라든가.

그것을 알 리 없는 강찬이 되물었지만, 이세정은 대답하기 싫다는 듯 젓가락을 내려놓았다.

그러곤 다음에 보자는 말과 함께 자리를 떠나 버렸다.

"……뭐지?"

"글쎄."

이해할 수 없는 걸 굳이 이해할 필요는 없다. 스무 살 여대생의 마음을 무슨 수로 알겠는가.

고개를 휘휘 저은 이세정에게서 신경을 끈 뒤 강찬은 눈을 빛내며 능력창을 확인했다.

[현재 욕망을 지불한 사람의 수: 1]

"왜?"

당연히 3이 되어 있을 것이라 생각했는데 1도 늘지 않았다. 놀란 강찬은 자기도 모르게 입 밖으로 소리 내 말했다.

서대호가 동그래진 눈으로 물었다.

"뭐?"

"아니. 너 말고."

"내가 술이 덜 깬 거냐. 아니면 네가 아직도 취해 있는 거야?"

"생각할 게 있어서."

"흐음."

서대호의 의심 어린 눈길을 뒤로한 채 강찬은 다시 능력창을 바라보았다.

'수가 늘지 않았어.'

두 사람에게 돈을 받았음에도 숫자가 변하지 않았다. 실망도 잠시, 강찬은 늘지 않은 이유를 찾기 위해 머리를 굴리기 시작했다.

'왜지.'

제일 먼저 생각나는 것은 '욕망.'

이세정은 강찬을 이기고 싶다는 욕망이 담겼을 것이고, 서대호는 앞으로 잘되고 싶다는 욕망이 담겼을 터.

그게 서태산의 욕망보다 작을 거라는 생각은 들지 않았다.

'그렇다면 액수?'

서태산의 경우에는 천만 원이었으나 이들은 백원과 천 원이었다.

'꼼수는 통하지 않는다는 건가.'

하긴, 이런 방식이 통한다면 100억이라는 숫자를 단순노동으로 채울 수 있을 터. 정당한 대가, 그리고 그 속에 담긴 욕망만 카운트하는 모양이었다.

강찬은 아쉬운 마음에 짧은 한숨을 내쉬었다.

"후."

2006년 현재 영화 티켓의 가격은 6~7,000원 선. 그 정도라면 인정을 받을 수 있는 것인지, 혹 다른 무언가가 더 필요한 건지 확실한 선이 필요하다.

생각을 마친 강찬은 고개를 들어 서대호를 바라보았다.

그와 눈이 마주친 서대호는 '이놈이 또 무슨 소리를 하려고……' 하는 불안한 표정을 지었다.

"대호야."

"또 왜."

"네가 '우리들'을 재밌게 봤잖아?"

"생각해 보니까 백 원은 아닌 거 같아?"

"그렇지. 한 만 원 정도는 되어야 동기부여도 좀 되고 그러지 않겠나?"

"희한한 방법으로 삥을 뜯네."

"삥이라니. 동기부여라니까."

친한 사이라지만 강찬이 가진 능력에 대해 설명할 순 없는 노릇. 강찬은 어색한 미소를 지었고 그 미소를 본 서대호는 어이가 없다는 듯 헛웃음을 흘렸다.

그러곤 장단에 맞춰주기로 마음을 먹은 것인지 지갑을 꺼내 뒤적거리기 시작했다.

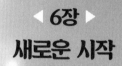

◀ 6장 ▶
새로운 시작

OT 후 집으로 돌아온 강찬은 며칠 동안 자신의 능력을 알기 위해 매달렸다.

'내가 요구하면 안 되는 건가.'

말 그대로의 욕망. 즉, 진심이 담겨야 하는 것 같았다. 마음에서 우러나온 돈이라 이해하기로 마음먹은 강찬은 욕망에 대해서는 접어두었다.

다음은 네 가지 능력.

[발아 능력: 그림 - 발아 1단계, 편집 - 발아 1단계, 연기 - 발아 1단계, 음주 - 2단계(미주)]

연기와 편집, 그림과 음주. 네 가지 모두 전문가 수준의 능력이었고 음주의 경우에는 2단계가 되며 '미주'라는 부가적인 기능이 생겼다.

다른 세 가지 능력도 계속 사용하다 보면 언젠가 단계가 오르고 새로운 부가 기능이 생길 터.

어떤 기능이 생길지에 대한 기대와 설렘이 있었고, 한편으로는 조급함이 있었다.

"모르겠다."

노트를 편 채 능력을 정리하고 있던 강찬은 펜을 놓았다. 누군가가 속 시원하게 말해주었으면 좋겠건만.

강찬이 고민하는 걸 즐기기라도 하듯, 그녀는 제대로 된 답을 내주지 않았다. 언제 만날지도 모르는 사람을 기다리며 망부석이 될 순 없는 노릇.

강찬이 펜과 노트를 정리했을 때, 그의 핸드폰이 울리며 메시지가 왔음을 알렸다.

-오후 6시에 역 앞에서 봐요.

최윤식에게서 온 문자였다. 조금 이따 보자는 대답을 보내고 나니 오후 4시.

강찬은 준비를 위해 책상에서 일어섰다.

오후 6시 역 앞.

"반가워요. 안민영이에요."

"예, 안녕하세요. 강찬입니다."

당연히 남자일 거로 생각한 안민영은 여자였다. 베이지색 코트와 흰 목도리, 단발에 무테안경, 그리고 긴 스커트를 입은 그녀는 삼십 대 초반 정도로 보였다.

안민영과 최윤식 두 사람과 인사를 나눈 강찬은 안민영을 바라보았고 그녀가 말을 이었다.

"미안해요. 원래 낮에 만나려 했는데 일정이 꼬여서…… 대신 오늘은 제가 거하게 쏠게요. 아직 식사 전이죠?"

한 번에 모든 걸 설명하는 빠른 말투. 직업의 특색이 그대로 담긴 안민영이 성격이 얼핏 보였다.

고개를 끄덕인 강찬이 그녀의 말을 받았다.

"예. 어떤 음식 좋아하세요?"

처음 만나는 사이라고 어색해할 나이는 지난 지 오래였다. 강찬은 스무 살 외모답지 않게 자연스레 일행을 이끌며 걸음을 옮기기 시작했다.

"돼지갈비 어떠세요?"

"더 비싼 거로 먹어도 돼요. 저 법인 카드 들고 나왔거든요."

그때 안민영의 눈에 참치 전문점이 보였고 그녀의 의견에 따라 세 사람은 참치 전문점으로 들어갔다.

테이블에 앉자마자 안민영이 물어왔다.

"술, 하죠?"

"예."

"최 선배야 말할 것도 없는 주당이시고. 소주? 사케? 일단 시작은 소주로. 괜찮죠?"

이제 막 해가 지고 있는데 소주라.

최윤식을 바라보자 그는 눈짓으로 안민영이 원래 이런 사람이라는 신호를 주었다.

'주당이구나.'

음주 2단계를 써볼 기회가 생각보다 빨리 찾아올지도 모르겠다.

괜찮다는 의미로 고개를 끄덕인 강찬은 그녀와 만남의 목적을 상기했다.

'그냥 얼굴이나 보자고 왔을 린 없고.'

일감이 있거나, 강찬의 도움이 필요한 무언가가 있을 것이었다.

서른이 넘은 직장인이 스무 살 대학생의 도움이 필요한 일이라면?

'미래대 영상학부 수석이라는 타이틀이겠지.'

길게 생각할 필요도 없었다.

빠르게 결론을 내린 강찬은 세 사람분의 수저를 깔고 물을 따르며 말했다.

"민영…… 씨는 좀 그렇고. 뭐라고 부르면 될까요? 누나?"

"아하하, 누나 좋네요. 강찬 씨가 스무 살이니까 얼마 차이도 안 나네."

강찬의 서글서글한 태도에 놀란 것은 안민영이 아닌 최윤식이었다. 최윤식은 놀란 눈으로 강찬을 바라보았다.

'원래 이런 사람이 아닌데?'

촬영장에서의 강찬은 이런 모습을 보여준 적이 없었다. 배우들을 챙기고 그들의 능력을 최대한으로 끌어내기 위해 노력하긴 하지만, 일정 선 이상을 넘으려 하지 않았다.

한데 지금은 다르다.

마치 안민영을 자신의 사람으로 만들기 위해 한발 먼저 다가가는 느낌. 마치 연기를 하는 것과 같은…….

여기까지 생각한 최윤식이 헛웃음을 지었다.

'……연기구나.'

안민영과 만나 참치 전문점까지 들어오는 짧은 시간 동안 그녀를 파악하고 비즈니스를 위해 연기를 하고 있는 것이다.

최윤식이 강찬의 달라진 태도에 놀라는 사이, 안민영은 어느새 강찬에게 말을 놓고 있었다.

"그럼 찬이라 부르면 되지?"

"예. 편한 대로 하세요."

"시원시원해서 좋네. 아, 참. 우리들 잘 봤어. 이제 막 대학생이 된 애가 찍어봤자 뭐 있겠어 했는데 이게 웬걸? 어마어마하더라."

그녀는 속사포같이 말을 쏟아내며 강찬을 칭찬했고 그는 유들유들한 태도로 그녀의 말을 받았다.

"배우들 연기도 잘 살고. 특히 연출이 너무 좋더라. 그 남자 주인공 이름이 수혁이지? 클라이맥스에 걔 울 때 나도 울었잖아."

"그 장면 엄청 공들였는데, 알아봐 주시니 감사하네요."

자잘한 이야기를 나누는 사이 음식이 나왔고 강찬은 두 사람에게 술을 따라주었다.

"예의도 바르고. 이런 원석이 어디서 튀어나왔대?"

그 짧은 사이 몇 마디 나눈 것이 안민영의 마음에 들었는지 그녀의 눈에서는 호감이 줄줄 흐르고 있었다.

소주는 금세 한 병이 비워졌다. 안민영이 한 병을 더 시키려 할 때, 최윤식이 그녀를 제지하며 말했다.

"안 PD, 분위기 타기 전에 일 이야기부터 해야죠."

"아, 맞네. 내 정신 좀 봐. 좋은 사람들하고 있으니까 술이 술술 들어가서."

참 정신없는 사람이다.

하지만 겉만 보고는 판단할 수 없는 게, 서른 초반의 나이로 연극의 프로듀스를 넘어 영화의 프로듀스까지 맡았다면 그만한 능력이 있다는 뜻.

"흠흠, 그럼 찬이, 아니, 강 감독님. 우리 일 얘기 좀 해볼까요."

아니나 다를까 헛기침 몇 번으로 안민영의 눈이 변했다.

"최 선배한테 어디까지 들었는지 모르니까 그냥 처음부터 이야기할게요. 저는 영일 미디어아츠에서 프리 프로듀싱을 맡고 있어요."

영일 미디어아츠.

영화나 영상 쪽에 관심이 없다면 전혀 모를 기업이지만 강찬의 기억에는 선명히 남아 있는 기업이었다.

잔뼈가 굵은 실력자들이 모여 헤드 헌팅을 하는 것으로 유명하다. 하지만 도전적인 사업 확장을 자주 하는 탓에 앞으로 나아가질 못한 기업.

그녀는 처음 만난다는 듯 손을 내밀었고 강찬이 악수를 받자 말을 이었다.

"간단히 이야기하자면, 시나리오 투고를 받고 적당히 검수를 해서 영화사, 기획사. 뭐 이런 쪽과 연결을 해주는 역할이죠. 근데 우리가 이번에 영화를 넘어 다른 사업 쪽도 해보려고 하거든요."

본론이 나오자 강찬이 허리를 펴고 앉아 그녀를 바라보았다. 그녀는 그런 태도가 마음에 든다는 듯, 미소를 지으며 말했다.

"혹시 UCC라고 알아요?"

"유저 크리에이티드 콘텐츠(User-Created Contents.). 일반인이 만든 동영상이나 글, 사진 같은 제작물이라고 알고 있습니다."

"정확해요. 원래 관심이 있었나 봐요?"

"예. 아무래도 UCC에서 강세를 보이는 게 영상 쪽이다 보니까요."

2006년, 타임지에서 올해의 인물을 당신(You)이라고 지정할 정도로 UCC의 열풍은 엄청났다.

한국의 경우 2000년대 초부터 인터넷의 배급이 가속화되었고, 그에 발맞춰 세이클럽이나 야후, 유튜브 등 홈페이지를 통해 쉽게 자신만의 페이지를 가질 수 있게 되었다.

그 결과 현재는 UCC에 대한 관심이 폭발적으로 늘어나고 있는 상황. 사업 확장으로는 이만한 블루 오션이 없을 터.

강찬이 고개를 끄덕이는 사이 안민영이 말을 이었다.

"관심이 있다니 이해가 빠르겠네요. 지금 UCC 시장은 수요는 있는데 공급이 모자란 상황이에요."

"공급자가 필요하겠네요. 아니면 그들을 끌어모을 수단이라거나."

"강 감독 진짜 물건이네. 이해가 어쩜 이렇게 빨라?"

강찬은 감사하다 말하며 미소를 지었지만, 속으로는 혀를 찼다.

'공급자가 될 생각은 없는데.'

앞으로 5~10년 사이에 UCC 시장은 상상도 할 수 없을 만큼 커진다. 특히 그 중심에 선 유튜브나 개인 방송 플랫폼 같은 경우에는 말할 것도 없고.

하지만 강찬은 그쪽으로 갈 생각이 없었다.

동영상을 올리고, 조회수를 올리면 돈이 된다. 하지만 UCC를 보는 이들이 원하는 것은 잠깐의 재미지 어떠한 욕망이 아니다.

아무리 많은 사람이 본다 한들 욕망이 전해지지 않으면 말짱 도루묵.

22년, 아니, 이제는 21년이 남은 상황에 강찬은 1분 1초를 아끼고 싶은 심정이었다.

'굳이 도박을 할 필요도 없고.'

하지만 안민영의 다음 말은 강찬의 얼굴에 미소가 번지게 만들어주었다.

"지금 우리에게 필요한 건 공급자가 아니라 공급자를 끌어모을 수단이에요. 그리고 강 감독은 아주 좋은 타이틀을 가지고 있죠."

"어린 영화감독, 미래대 영상학부 수석. 그리고 그런 타이틀을 가진 제가 만든 UCC로 광고를 해서 공급자를 끌어모으는 방향인가요?"

지금까지 안민영이 짓고 있던 게 미소였다면 이번에는 진심으로 놀란 눈이었다.

"와. '우리들' 다 보고 잠깐 생각은 했는데, 진짜 천재인가 봐. 예. 강 감독 말이 맞아요."

그녀는 입이 말랐는지, 아니면 그냥 술이 땡긴 건지 소주 한 잔을 마시곤 말을 이었다.

"우리 영일 미디어아츠에서는 강 감독이 광고를 만들어주길 바라요."

"어디 들어가는데요?"

"일단 인터넷이요. 15, 30, 60, 그리고 풀 버전. 네 가지가 필요해요."

숫자는 초를 의미한다.

즉, 짧은 것 3개와 풀 버전 하나를 원한다는 건데, 그렇다면 TV 전송도 생각하고 있다는 뜻이나 다름없었다. 강찬은 그대로 물었다.

"공중파 CF로 내보낼 생각도 하시나 봐요?"

강찬의 말에 크, 하는 신음을 흘린 안민영이 최윤식을 바라보며 말했다.

"이야…… 진짜. 최 선배, 진짜 인복이 타고 났어요. PD는 안민영 알지, 감독은 강 감독 알지."

입술에 침도 바르지 않고 자화자찬을 마친 그녀는 기분 좋은 미소를 지으며 강찬을 바라보았다.

"맞아요. 원래 사장님은 CF부터 시작하자 했는데 이사님들이 말려서 못 했거든요. 그래서 조건이 걸렸죠."

"뷰? 아니면 지원자 수?"

"……이쪽에서 일해본 적 있어요?"

강찬과 대화를 하다 보면 스무 살 대학생이 아닌 동종업계 종사자와 대화를 하는 기분이 들었다.

그것도 자신보다 오래 구른.

안민영의 말을 강찬은 '관심이 많아서'라는 대답으로 대충 넘겼다. 그러자 안민영은 흐웅, 하는 비음을 낸 뒤 말을 이었다.

"둘 다요. 이사회가 만족할 만한 결과가 나오면 CF도 들어가는 거죠. 뭐 귀에 걸면 귀걸이고 코에 걸면 코걸이긴 한데. 강 감독 실력이면 바로 오케이 뜨지 않을까?"

"그거야 해봐야 알겠죠?"

"그럼 한다는 거죠?"

강찬의 대답을 듣지도 않은 안민영은 곧바로 가방에서 계약서를 꺼내 들었다.

'참 뭐든지 빠르게 진행하는 성격이구나.'

강찬이 그녀를 바라보자 안민영이 계약서를 건네며 말했다.

"제작비 전액 지원. 계약금은 100. 대신 대박 나면 인센티브는 확실히 챙겨줄게요."

확실히 신인, 게다가 대학생인 감독을 캐스팅하는 데 있어 파격적인 조건이긴 했다.

하지만 광고 하나를 만드는 비용치고는 싸다 못해 무료 봉사인 수준.

강찬은 대답 대신 계약서를 훑어본 뒤 말했다.

"펜 있으세요?"

"사인하게요? 좀 더 살펴보고 알아보고 해도 되는데."

"아뇨. 수정할 곳이 있어서."

부산스레 펜을 꺼내던 안민영의 눈이 굳었다.

"수정이요?"

"예. 별건 아니고."

강찬은 계약서에 있는 제작 기간에 대한 것, 그리고 이미지 실추의 경우에 있을 손해 배상 부분 등, 자신에게 독소 조항이 될 수 있는 것들을 대부분 바꾸었다.

그러곤 마지막 인센티브 부분에 '3%'라는 숫자를 적어 넣었다.

"이 조건이면 할게요."

"……영상학부라면서? 법학과 아냐?"

안민영은 말을 하면서 빠르게 계약서를 훑었고 이내 헛웃음을 흘렸다. 그사이 최윤식이 자신도 보고 싶다며 손을 내밀자 안민영이 그에게 계약서를 건넸다.

"완전 프로네. 한 20년 이 바닥에 있던 사람 같아. 누구한테 배웠어요?"

"아버지가 감독이셨거든요. 일단 이거부터 마무리 짓고 이야기하죠."

그의 말에 안민영의 눈이 반달처럼 휘었다.

'탐난다.'

주도권이 조금이라도 넘어갈라치면 어떻게든 자신에게로 가져간다. 실력이야 당연하고 태도나 말에서 느껴지는 자신감도 허세가 아니다.

실력이 있으니 그만큼 자신에 대한 믿음이 있는 것.

게다가 계약서를 수정하는 것 또한 한두 번 해본 게 아닌지 애매한 조항만 딱 골라냈다. 마지막으로 3%까지.

"3%면 광고 이익에 대한 3%?"

"그렇죠."

광고 이익이라는 건 참 애매하다.

광고에 들어가는 비용은 어마어마하지만, 그에 비해 광고로 얻는 이득은 눈에 보이지 않는다.

광고로 얻는 이득은 즉각적인 게 아닌 데다가 대부분이 무형적인 것이기 때문.

물론 상품에 관한 광고라면 즉각적인 반응이 오지만, 이번 경우와 같이 사람을 모으는 경우는 더욱 그렇다.

"계약서 수정한 거 오케이. 광고 이익에 대한 인센티브 상정은 우리가 알아서. 대신 투명하게 정산할 걸 약속할게요."

"그렇다면 사인하죠."

번갯불에 콩 볶아 먹듯 빠른 결정이었지만 강찬의 입장에서는 엄청난 수확이었다.

광고를 통해 '강찬'이라는 사람의 이미지를 수많은 사람에게 어필할 수 있을 것이다. 만약 대박이 나서 공중파에까지 나갈 수 있다면?

'아니, 무조건 나가게 한다.'

그의 광고가 공중파로 나가는 순간.

수많은 사람이 그의 광고를 보게 될 것이고 개중에는 투자자도 있을 것이었다. 게다가 공중파로 나가는 순간, 그가 받는 인센티브는 천만 단위를 넘어갈 터.

'다음 영화 만들기도 수월해져.'

이런 모든 계산이 깔렸기에 수락한 것이었다.

"그럼 일단 가계약은 끝! 다음 주나 언제쯤 우리 회사 들러서 제대로 계약하고."

말을 마친 그녀는 곧바로 손을 들어 소주를 시키며 말했다.

그녀는 개 껌을 눈앞에 둔 강아지처럼 눈을 초롱거리다 술이 오자마자 말했다.

"일도 끝났으니 이제 본격적으로 마셔보자. 찬아, 잔 받아. 최 선배도 잔 받아요."

두 사람의 잔을 채워준 안민영이 잔을 들며 말했다.

"건배!"

최윤식과 안민영은 말 그대로 말술이었다.

단위인 '말'은 18L를 뜻하는데, 두 사람은 정말 그 정도를 마실 것처럼 술을 부어댔다.

만약 강찬이 음주 능력을 얻지 못했다면 진즉에 뻗어서 사경을 헤매고 있을 뻔했다.

"강 감독, 술 많이 늘었네요?"

"하하, 요즘 하도 마시다 보니."

"하긴, 새내기들 술 엄청 마시죠?"

두 사람이 대화를 나누는 사이, 화장실을 갔던 안민영이 비틀거리며 돌아왔다. 그녀는 강찬을 바라보며 꼬이는 발음으로 말했다.

"찬이 정말 대단해. 내가 잘 안 놀라거든? 얼굴만 봐도 세 보이잖아. 근데 오늘 찬이 보면서 몇 번을 놀란 줄 알아?"

"칭찬으로 들을게요."

"그럼, 칭찬이지."

그 말을 마지막으로 안민영은 테이블에 머리를 묻었고, 최윤식은 강찬을 바라보며 허허 웃었다.

"참 정신없는 사람이죠?"

"부정할 순 없네요."

"그건 그렇고, 가족분 중에 감독하신 분이 계셨나 봐요?"

"예. 아버지께서 영화감독 일을 하셨어요."

"그래서 그런가 봐요. 전에는 잘 몰랐는데, 강 감독은 진짜 감독 같아요. 보통 첫 작품을 찍는 감독들은 자기가 뭘 하는 줄도 모르고 찍게 되잖아요?"

그의 말에 강찬이 고개를 끄덕였다.

자신의 영화를 만들면 아무리 욕심이 없는 이라도 천만을 꿈꾸며 한 방에 이슈가 되는 것을 꿈꾼다.

그러다 보니 욕심이 들어가게 되고, 결국 처음 생각했던 것보다 훨씬 힘이 들어간 결과물이 나오게 되는 것이 보편적이었다.

강찬 자신도 그랬고.

"근데 강 감독은 전체적인 그림을 볼 줄 아는 거 같아요. 혹시 아버님 성함을 알 수 있을까요?"

"강, 혁 자. 혁 외자셨어요."

"구름은 흐른다. 그분?"

"아시네요?"

"그럼. 독립 영화계의 혁명이나 다름없는 분이었는데."

그의 칭찬에 강찬이 씁쓸하게 웃자 최윤식이 아차 하는 표정을 지었다. 그의 아버지가 돌아가신 것은 8년 전. 불의의 사고에 의해서였다.

지금의 강찬에게야 30년 가까이 된 일이었지만 그걸 모르는 최윤식은 미안한 표정을 지으며 말했다.

"미안해요."

"괜찮아요."

강찬은 무거워진 분위기를 돌리기 위해 말을 이었다.

"그건 그렇고, 오늘 자리 감사해요. 덕분에 좋은 건 하나 잡았네요."

최윤식은 멋쩍게 웃으며 답했다.

"강 감독이 나한테 해준 것에 비하면 별거 아니죠. 덕분에 다시 영화 찍고 있는데, 페이도 훨씬 올랐어요. 다시 한번 감사해요."

강찬은 대답 대신 환한 미소를 지어주었다.

그의 미소에 최윤식은 씁쓸히 웃으며 잔을 비웠다. 그러곤 짧은 숨을 뱉더니 천천히 입을 열었다.

"나는 타고난 천재들을 참 싫어해요. 아니지. 노력도 안 하면서 운이 좋아서 잘되는 사람을 싫어한다는 게 맞겠네요."

잠시 말을 쉰 최윤식이 강찬과 눈을 맞추었고.

"근데 강 감독은 달라요. 분명 천재인데 노력을 하죠. 나랑 강 감독이랑 얼마나 봤다고 이런 말을 하니 우습기도 하겠지만…… 알죠? 내가 감이 좋다는 거. 그 감이 말하네요. 강찬 감독하고 계속 가라고."

애초에 대답을 바랐던 말이 아닌지, 최윤식은 머리를 휘휘 저으며 계속 말했다.

"내가 무슨 말을 하는지. 어쨌거나 결론은 이거예요. 강찬 감독은 내가 본 어떤 감독보다 노력하고 있어요. 거기에 재능까지 충분하니 나는 바라보기도 힘든 위치에 서 있겠죠. 그때가 되어서도 지금처럼 노력하는 감독, 아니, 사람이 되길 바랄게요."

강찬이 대답하기도 전, 최윤식은 얼굴을 벅벅 문지르며 말했다.

"아이고, 취했나 봅니다. 괜한 말을 했네."

"아뇨. 감사해요."

최윤식은 천천히 고개를 끄덕이더니 이내 잔을 들며 말했다.

"그럼 파이팅입니다."

"예. 최 배우님도 파이팅입니다."

두 사람은 잔을 부딪쳤고 술자리는 다음 날 해가 뜰 때까지 이어졌다.

3월 2일.

미래대학교 영상학부의 첫 강의가 있었다.

"안녕하세요. '영상의 이해와 이론' 강의를 맡게 된 양희찬입니다. 잘 부탁드립니다."

서글서글하게 생긴 교수는 인사와 함께 몇 가지 정보를 전달한 뒤 강의을 끝냈다. 다른 강의들도 마찬가지로 앞으로의 강의 방향을 알려준 뒤 강의를 끝냈다.

마지막 강의까지 남는 시간 동안 강찬과 서대호는 도서관을 찾았다.

영화를 찍기 전까지는 공부랑은 담을 쌓고 있던 서대호였지만, 자신이 하고 싶은 쪽으로 진로를 정하자 공부에도 재미를 들이고 있는 모습이었다.

서대호가 공부하는 모습을 바라보던 강찬은 그의 옆에 앉아 노트에 UCC라는 단어를 적어 넣었다.

'UCC라.'

UCC하면 대표적으로 떠오르는 게 바로 동영상이다.

그리고 그 동영상을 접하기 가장 쉬운 것이 바로 인터넷. 네이버나 다음 같은 대형 포털 사이트가 이름을 얻기 시작한 시점이었기에 그 접근성은 더욱 올라가고 있었다.

'BJ도 나쁘진 않은데.'

우리나라, 아니, 전 세계 최초의 게임 혹은 캠방송 BJ. 여기까지 생각한 강찬이 고개를 휘휘 저었다.

강찬의 주목적은 영화. BJ를 하려면 하루에 최소 3~4시간씩은 컴퓨터 앞에 앉아 있어야 한다.

하지만 강찬에겐 시간이 없었다. 그러니 제외.

'대신 영상을 올릴 순 있겠지.'

이를테면 '우리들'을 웹에 업로드시켜 두는 것이다.

어차피 돈을 받고 팔 수 있는 작품은 아니니 이런 식으로라도 사용하는 게 맞다. 빠른 인터넷의 정서와는 어울리지 않는다만.

'어차피 이름을 알리는 게 목적이니. 그리고 홈페이지도 만들어야겠구나.'

강찬이 앞으로 만들 영화와 동영상들을 올리고, 자신을 홍보할 수 있는 공간이 필요했다.

'아, 운전면허도 따고 차도 사야 하네.'

할 일이 산더미다.

개중 가장 급한 것부터 처리하기로 마음먹은 강찬은 노트를 편 뒤 칸을 나누었다. 그러고는 스토리보드를 그려 나가기 시작했다.

시작은 모니터. 모니터 안에서는 마우스가 움직여 폴더 하나를 열고, 이어서 프로그램 하나를 켠다.

프로그램은 영상 편집 프로그램.

뛰거나, 먹거나, 달리는 평범한 모습의 사람들이 짤막하게 재생되고 그들이 전부 카메라로 걸어와 화면을 종료한다.

그리고 그들이 직접 영상을 편집하는 영상이 재생된 후.

마지막으로 강찬이 영화를 찍는 모습이 나온다. 그리고 카메라로 걸어온 강찬이 화면을 뚫고 나오며 말한다. 당신도 할 수 있습니다. 지금 도전하세요.

'너무 뻔한가.'

몇 가지 조미료를 더하고 연출을 잘하면 괜찮을 것 같긴 한데 이렇다 할 임팩트가 없다.

이어서 몇 가지 시나리오와 스토리보드를 그려본 강찬은 고개를 휘휘 저었다. 아무리 봐도 딱 이거다! 하고 감이 오는 게 없었다.

아무래도 광고주를 만나 어떤 방향을 원하는지를 들어봐야 감이 올 듯했다.

그렇게 고민하며 시간을 보내길 한 시간여.

답이 나오지 않자 강찬의 생각이 다른 길로 새기 시작했다.

'진주한테 향수 줘야 하는데.'

OT에서 상품으로 받았던 향수는 여전히 그의 방에서 썩어

가고 있었다.

'주는 김에 어머니 선물 고르는 것도 도움 좀 받고.'

문제는 여진주도 강찬만큼이나 바쁘다는 것.

문자야 자주 하고 있지만, 그녀의 데뷔가 확정된 이후로는 얼굴 한 번 못 볼 정도로 바빴다.

'일단 문자나 보내놓자. 아무리 바빠도 확인하면 답장은 할 테니.'

고개를 끄덕인 강찬이 핸드폰을 들고 문자를 보냈다.

그리고 핸드폰을 집어넣은 순간. 강찬의 핸드폰이 진동했다. 누군가하고 보니 여진주였다.

'벌써 답장을 한다고?'

-어머니 생신이요?

문자 하나를 읽은 강찬이 대답하려는 때.

-언젠데요?

-아 근데 미안해요. ㅠㅠ. 나 3월 내내 연습 스케줄로 꽉 차서 요즘 학교도 못 가요.

-다음에 선물 사드릴 때는 꼭 같이 가요.

문자 3개가 연달아 더 도착했다. 강찬은 이제 '응' 한 글자를 쓴 상태.

'……뭐부터 대답해야 하지?'

-근데 줄 거라는 건 뭐예요?

-발렌타인데이 초콜릿인가?

그의 핸드폰은 쉴 새 없이 진동했다. 강찬은 그사이에 모든 대답을 합친 문자를 보냈다.

-응. 생신이셔. 열흘 뒤. 연습 파이팅. 다음에 같이 가자. 선물은 비밀. 초콜릿 아님.

강찬이 입꼬리를 올린 채 문자를 하는 사이, 옆에 있던 서대호가 목소리를 낮추며 물어왔다.

"뭔데 헤실거리고 있어."

강찬은 대답 대신 입 모양으로 '진주' 하고 말했다. 그러자 서대호는 못 볼 꼴을 봤다는 듯 미간을 찌푸린 뒤 중지를 내밀었다.

"걔 내가 문자 보내면 답장 오는 데 하루 걸리던데."

"난 네가 아니니까."

강찬은 서대호의 욕지거리에도 승리자의 미소를 잃지 않은 채 서대호를 바라보았다.

그때 다시 문자가 왔다.

기다리던 여진주의 문자가 아닌, 한 달 문자 중 절반을 소비했다는 문자. 강찬은 이내 우울한 표정을 지으며 서대호를 바라보았다.

"대호야."

"뭐."

"혹시 문자 좀 남냐?"

"……뭐?"

"나 문자 다 써가서 그러는데 핸드폰 좀 빌려줘라."

"아직 3월 중순도 안 됐는데?"

"그러게."

"이 미친놈이 솔로 염장 지르는 것도 모자라 가지고……."

서대호가 어이가 없다는 표정을 지었지만, 강찬은 당당한 말투로 대답했다.

"어차피 다 못 쓸 거 남기면 아깝잖아. 내가 다 써줄게."

"……."

예상치 못한 묵직한 직구에 서대호는 대답 대신 고개를 숙였고, 그 모습에 소리 죽여 웃던 강찬이 서대호에 귀에 대고선 말했다.

"진주 친구 중에 예쁜 애들 많던데. 대신 걔네 번호 어때."

그의 말에도 서대호는 고개를 들지 않았다. 대신 책상 위로 슬그머니 핸드폰을 올려놓으며 들릴 듯 말 듯한 목소리로 말했다.

"0711."

그가 말한 숫자는 서대호의 생일이자 그의 핸드폰 비밀번호였다.

강찬은 서대호의 핸드폰을 받으며 씩 웃었다. 그러곤 이제는 익숙해진 여진주의 번호를 누르며 문자를 보내기 시작했다.

그다음 날부터 본격적인 강의가 시작되었다.

한국 최고의 예체능 대학교라는 위명답게 커리큘럼 자체가 체계적으로 잡혀 있었다. 모든 강의가 이론과 실전을 번갈아 하였으며 실습 과정 자체가 남달랐다.

개강 첫 주의 금요일.

"'할리우드(Hollywood)'는 원래 한적한 시골 마을이었어요. 사실 마을이라고 부르기도 힘들 정도였죠. 제일 가까운 도시가 LA였는데, 1910년 당시 10㎞ 이상 떨어져 있었거든요. 그런 할리우드가 어떻게 영화 산업의 메카이자 상징이 되었느냐. 궁금하죠? 이유는 간단해요."

설명을 하던 교수가 잠깐 멈춘 뒤 학생들을 바라보며 말했다.

"이유를 아는 학생 있나요?"

강찬은 무언가 걸려 있는 것도 아니거니와 굳이 나서고 싶지도 않아 가만히 있었다. 하지만 교수가 강찬을 발견했고, 강찬에게 말을 걸려는 순간.

함께 수업을 듣고 있던 이세정이 손을 들었다.

"이세정 학생? 이유를 아나요?"

"예. 입지 때문이죠."

"끝인가요?"

끝이 아니라는 듯, 트레이드 마크나 다름없는 뿔테 안경을 올려 쓴 이세정이 말을 이었다.

"할리우드는 산과 사막, 도시와 바다 등 영화 촬영에 완벽한 자연환경을 지니고 있었어요. 자연이 만들어준 세트가 있는 셈이었죠. 그래서 발전한 거라 생각해요."

"정확한 이유는 아니지만 근접했어요."

입지는 맞다. 이유가 다를 뿐.

강찬이 여유로운 표정으로 교수의 말에 공감하고 있을 때, 하필 교수와 눈이 마주쳤다.

"수석."

"……예."

교수가 이제는 이름처럼 붙어 버린 강찬의 별명을 불렀다.

"정확한 답을 알고 있는 표정인데요?"

멍석이 깔렸으니 춤을 출 수밖에.

강찬은 흠흠, 하고 목을 가다듬은 뒤 말을 시작했다.

"일단 세정이의 말도 맞긴 한데. 더 중요한 이유가 있었습니다. 빛이죠."

강찬의 말에 교수는 프로젝터 버튼을 눌러 흑백사진으로 찍힌 초창기 할리우드의 모습을 띄워주었고 강찬은 말을 이었다.

"20세기 초 당시, 영화 촬영에 가장 중요한 건 빛이었습니다. 필름의 감도도 낮고 조명의 광량 또한 엄청 모자랐죠. 그런데 할리우드는 1년에 300일 이상의 일조 시간이 보장되는 도시였습니다. 즉, 빛을 구하는 데 애먹을 필요가 없다는 뜻이 되죠. 그래서 할리우드에서 영화 산업이 발달하게 되었고 지금의 할리우드가 탄생하게 된 겁니다."

할리우드라는 이름이야 누구나 알지만, 유래까지 아는 사람은 거의 없었다. 때문에 학생이나 교수, 전부 흥미롭다는 듯 그의 설명을 들었다.

이세정 단 한 사람만 빼고.

"역시 수석이네요. 정답입니다. 강찬 학생이 말했듯 할리우드는……."

교수의 설명이 다시 이어지기 시작했다. 그가 짧은 숨을 내쉬며 자리에 앉자 옆자리에 있던 서대호가 엄지를 척 치켜들며 말했다.

"좀 멋있는데?"

"나야 항상 멋있는데."

그의 대구에 서대호는 짧게 혀를 찼다. 그러곤 다시 수업에 집중하려는 때, 알 수 없는 기이한 느낌이 그의 뇌리를 스쳤다.

'음?'

마치 두개골을 열고 머릿속에 사이다를 부어 넣는 것과 같은 청량한 느낌. 아프거나 어지럽진 않았고 도리어 머리가 맑아지는 느낌이었다.

'마치 능력을 사용할 때 같은……'

아, 하고 깨달은 강찬은 곧바로 능력창을 열어보았고.

[발아 능력: 그림 - 발아 1단계, 편집 - 발아 1단계, 연기 - 발아 1단계, 음주 - 2단계(미주)]

[신규 발아 능력: 연설 - 발아 1단계.]

'연설'이라는 능력이 생겨 있는 것을 발견했다.

'또?'

음주를 얻고 2단계가 된 지 얼마나 되었다고 새로운 능력이란 말인가. 의심도 잠시, 강찬의 입꼬리가 사륵 말려 올라갔다.

어쨌거나 능력은 능력. 이젠 연설마저도 전문가에 버금가는 실력을 갖게 된 것이었다. 새로운 능력을 거부할 이유는 없다.

게다가 내일, 그러니까 토요일은 광고주인 영일 미디어아츠와 미팅이 있는 날.

때마침 얻은 '연설' 능력의 효과를 바로 볼 수 있을 터. 기분이 좋아진 강찬이 미소를 짓고 있는 사이, 강의가 끝나며 교수가 말했다.

"오늘은 여기까지. 이달 말에는 영화 촬영장 견학이 있습니다. 나눠 준 프린트 잘 보고. 빠지는 사람 없도록 하세요."

교수의 말에 학생 하나가 질문했다.

"어느 감독님의 촬영장인가요?"

"그걸 알면 재미없겠죠? 그럼 오늘은 여기서 끝낼게요. 다들 고생했고 주말 푹 쉬어요."

말을 마친 교수는 강의실을 나갔고 곧 짐을 챙긴 학생들도 그의 뒤를 이어 강의실을 떠나갔다.

강찬과 서대호 또한 강의실을 나서려는 때, 이세정이 강찬 에게 다가왔다. 그녀는 뿔테 사이로 강찬을 노려보았고, 강찬 은 한 걸음 물러서며 말했다.

"때리려고?"

"헛소리야. 얘기 좀 해."

"둘이?"

강찬의 말에 서대호를 힐끗 바라본 이세정이 말했다.

"아니, 됐다. 너 과대 됐어."

과대, 과의 대표. 즉, 영상학부 1학년의 대표와 행사 일정 조 정 등을 맡는, 이를테면 반장 같은 것이었다.

이세정을 처음 만났던 시상식 자리. 그곳에서 이세정은 자 신이 과대를 한다고 했었고, 강찬은 해서 좋을 게 있으면 자신 이 한다고 대답했었다.

일전에 나눈 적 있는 대화를 기억해 낸 강찬이 의아함을 느끼며 물었다.

"왜? 너 하고 싶다며."

"사람 놀려?"

"아니, 투표고 뭐고 아무것도 없이 내가 되었다니까 궁금해서 그런데."

이세정은 미간을 찌푸린 채 강찬을 바라보았다가 이내 짧은 한숨을 토하며 말했다.

"과대는 교수님들이 알아서 뽑아. 그리고 난 바지 사장 하긴 싫거든요."

말을 마친 이세정은 그대로 뒤로 돌아 강의실을 나가 버렸다. 그녀의 말을 들은 서대호가 강찬을 보고 물었다.

"저게 무슨 소리야?"

현재 영상학부에는 강찬의 이름을 모르는 이가 없는 상황. 그 와중에 자기가 과대를 해봤자 허울뿐인 과대가 될 것을 안 것이다.

강찬이 아닌 다른 사람을 주자니 제 눈에 안 찼을 것이고. 그러니 제 손으로 직접 강찬을 과대로 추천한 모양이었다.

그게 받아들여져 강찬이 과대가 된 거고.

"내가 앞으로 과대고, 자기가 잘 보필하겠다네."

"……저 소리가 어떻게 그 뜻이 되냐?"

강찬은 대답 대신 어깨를 으쓱인 뒤 가방을 챙겨 강의실을 나섰다.

그의 뒷모습을 보며 한참을 고민하던 서대호는 결국 이해하지 못한 채, 강찬에게 묻기 위해 그의 뒤를 쫓았다.

영일 미디어아츠 본사.

프리 프로듀서 안민영, 그리고 이번 광고를 추진한 홍보과 과장 배찬수가 동그란 테이블에 앉아 있었다.

강찬은 아직 도착하지 않은 상황.

창밖을 슥 내다본 홍보과 과장 배찬수가 먼저 이야기했다.

"걱정되는데."

"아뇨. 이건 기회라니까요? 과장님도 이번에 차장 다셔야죠."

"그래. 나도 차장 달고, 안 PD도 이번 기회에 자리 잡으면 좋지. 그런데 그런 기회를 대학생의 손에 맡기는 게 영 불안해서 그래."

배찬수의 말에 안민영이 도끼눈을 뜨고서 물었다.

"아, 배 과장님. 내가 보내준 CD 안 봤죠?"

"응? 으응. 시간이 없어서……."

"그걸 안 봤으니까 이런 말이 나오지."

안민영이 한숨을 쉬자 배찬수가 억울하다는 듯 말했다.

"내가 너 실력 좋은 건 알고, 안목 좋은 건 알거든. 근데 네가 추천하는 게 대학생이라 그런다고."

"……하. 과장님. 과장님이 계약 까면 나, 이 건 들고 김 과장님한테 가지고 갈 거야. 그 꼴 보기 싫으면 걔가 무슨 말을 하든 그냥 계약서에 사인만 하게 해요. 뭘 어떻게 해도 손해 보는 장사는 아니잖아?"

과장과 PD의 위치가 바뀐 것 같았지만 두 사람은 대학생 때부터 선후배로 지내온 사이. 10년이 넘는 시간 동안 대학과 극단, 회사까지 함께한 사이였기에 격식이 없었다.

"여기서 김 과장 얘기가 왜 나와."

"이거 놓치는 사람이 이번에 차장 자리도 놓치는 거야. 한번 믿어보라니까. 저번 영화 홍보 건도 김 과장한테 뺏기고 몇 달은 분해하더니, 이번에도 그럴 순 없잖아요?"

안민영이 이 정도로 추천을 하자 배찬수 또한 마음이 기울기 시작했다. 그녀의 말대로 제작비를 제외하면 들어가는 돈은 없는 수준.

문제는 홍보 이사가 거는 기대였다.

그 기대를 충족시킬 수만 있다면 그의 눈에 들어 차장을 넘어 부장까지 고속으로 올라가겠지만, 못 시킨다면…….

"안 PD, 아니, 민영아. 나 진짜 너 믿어본다."

"그래요. 잘 생각했어요."

배찬수는 '이제 모르겠다는 듯 고개를 휘휘 저었고 안민영은 미소를 지은 채 창밖을 바라보았다.

"우리 강 감독은 어디쯤 왔으려나."

곧 청바지에 셔츠, 그리고 코트를 걸친 강찬이 회의실로 들어왔다. 어쭙잖은 정장보다 오히려 대학생 본연의 모습이 어울릴 거라는 생각이 깔린 복장이었다.

"반갑습니다. 홍보과 과장 배찬수입니다."

"강찬입니다."

"안 PD한테 이야기 많이 들었어요."

사사로운 잡담 몇 마디가 오가는 사이, 배찬수의 눈이 빠르게 강찬을 훑었다. 180㎝가 조금 넘는 키, 이제 막 고등학생 티를 벗기 시작한 얼굴.

그것과는 어울리지 않는 깊은 눈과 낮은 목소리가 인상적인 사람이었다.

"계약서는 강찬 학생이 말한 대로 가기로 했어요. 이사님도 컨펌하셨고."

그는 계약서를 강찬에게 건넨 뒤 곧바로 본론으로 들어갔다.

"큰 틀만 보자면 제작비는 영일 쪽에서 부담. 광고 이익의

3%를 인센티브로. 제작 기간은 5월 31일 전까지고…… 계약금은 100. 맞죠?"

"예."

계약서를 훑어보자 강찬이 전에 말했던 것들은 전부 수정되어 있었고, 그가 말한 조건 또한 들어가 있었다.

"그럼 계약서는 됐고, 일 얘기로."

회사 사람들 특징인지 홍보과 과장인 배찬수 또한 안민영 버금가는 빠른 속도로 말을 이어나갔다.

"우리가 원하는 건 누구나 할 수 있다는 이미지입니다. 휴머니즘적인 코드가 들어가면서도 너무 루즈하지 않게. 어떤 느낌인지 아시겠죠?"

강찬은 이래서 광고 쪽 일을 좋아하지 않는다.

무슨 그림을, 어떻게 뽑아달라는 것도 아니고 휴머니즘을 루즈하지 않게라니. 광고주 머릿속을 들여다보지 않는 이상 그가 원하는 것을 정확히 알아듣기 힘들기 때문.

그래서 강찬은 모든 것을 준비해 왔다.

"일단 몇 가지 시안을 짜 왔는데요."

강찬은 들고 온 가방에서 5개의 파일을 꺼냈다. 파일 안에는 광고 한 편의 시놉시스와 스토리보드가 들어 있었다.

다섯 개의 제목을 훑어본 배찬수가 안경을 슬쩍 내리며 강찬과 눈을 맞추었다.

"호…… 이런 걸 준비해 왔어요?"

"예. 일은 깔끔하게 하는 걸 좋아하는 편이라. 이것부터 보시고 진행 방향에 대해 이야기해 보는 건 어떨까요?"

"봐요. 내가 추천할 만하지?"

안민영이 한마디 덧붙이는 것을 마지막으로 강찬의 설명이 시작되었다. 다섯 가지의 시안을 모두 설명한 강찬이 물었다.

"어떠세요?"

"솔직히 말하면 다섯 가지 전부 마음에 드네요. 적당히 휴머니즘적이고 적당히 스피디해요. 첫 번째는 센스가 돋보였고, 다섯 번째는 구도가 흥미롭네요."

"나도 다섯 번째요. 제목이 'YOU'였죠. 이거 참가자들이 화면으로 다가오면서 직접 찍었다는 걸 보여주는 연출이 좋았어요. 근데 배 과장님 표정이 왜 그래요?"

"좋긴 한데…… 으음."

강찬은 배찬수의 말을 듣는 대신 그의 눈을 살폈다.

그의 눈은 자신이 가져온 시안들이 아닌 빈 종이를 보고 있었다. 즉, 다른 생각을 하고 있다는 뜻.

굳이 돌려 말해봤자 시간만 길어질 터, 강찬은 직구를 던졌다.

"배 과장님이 생각하시는 게 따로 있으신 거 같은데. 맞나요?"

그의 물음에 배찬수가 허허, 하는 웃음을 흘리며 뒤통수를 붉적였다.

"뭐, 다 좋긴 합니다. 근데 아쉬운 게 있다면…… 올해가 2006년이지 않습니까?"

"그렇죠."

"그리고 올해 6월에는 월드컵이 있잖아요?"

배찬수의 말을 들은 순간, 강찬의 마음속에 불안감이 피어올랐다. 설마, 하는 순간.

"월드컵 코드를 살짝 넣으면 어떨까요? 2002년에 4강 신화를 이루었으니 이번에도 기대하는 바가 크잖아요."

이게 문제다.

광고란 기업의 이미지와 부합해야 하며 목적에 충실해야 한다. 한데 광고주 중 몇몇은 그것을 망각한 채 자신의 입맛에 맞는 광고를 내보내려 한다.

도대체 UCC 홍보 광고와 월드컵이 무슨 상관이 있다고 두 개를 합쳐서 광고를 만든단 말인가.

강찬은 광고주의 입맛에 끌려다니며 n차 수정을 하고 싶은 생각이 없었다. 그래서 싹이 트기도 전에 자르기 위해 말했다.

"배 과장님 생각이신가요?"

"예?"

"월드컵 코드요."

그의 말에 배찬수의 미간이 굳었다.

월드컵은 자신의 아이디어가 아닌, 홍보 이사를 염두에 둔 생각이었다.

축구광인 홍보 이사의 컨펌을 받기 위해서는 축구 코드가 들어가야 할 것 같았기 때문.

그의 표정을 읽은 강찬이 이어서 말했다.

"영일 미디어아츠에서 원하는 건 UCC의 홍보, 그리고 그것으로 인한 시장의 확대. 그 이후 UCC 공모전을 크게 열어 UCC 공급자들을 대거 모집한 후 새로운 방향으로의 사업 확장 아닌가요?"

강찬의 말이 끝났을 때, 안민영과 배찬수가 서로를 바라보았다. 먼저 입을 연 쪽은 안민영이었다.

"제가 말한 건 UCC 홍보 제작 광고를 찍는다는 것뿐이에요. UCC 공모전 얘기는 유출 안 했어요."

"안 PD가 이야기 안 했으면 강찬 학생이 어떻게 알아?"

안 그런 사회가 어디 있겠냐마는 연예계는 더욱 날카로우며 각박하다.

대중의 관심을 먹고 사는 이들이며, 하룻밤 사이에 대스타가 되기도, 한나절 만에 쪽박을 차기도 한다.

그런 곳에서 20년을 구른 사람의 눈치다. 몸이 어려졌다 한들 사라질 리 만무한 경험.

그렇다고 '한 20년 연예계와 영화판에서 뒹굴면 됩니다' 하고 대답할 순 없으니 강찬은 말을 돌렸다.

"다른 데서 들은 건 아닙니다. 프로듀싱 회사가 UCC까지 한다니까 예상해 본 거죠. 그런데 두 분의 반응을 보니 제 예상이 맞는 것 같네요."

그제야 두 사람이 아차 하는 표정을 지었다. 서로 의심하기만 했지 강찬 스스로 알아낸 것이라 생각하지 못한 것.

"제가 어떻게 알게 되었는지는 이제 중요하지 않으니까 하던 말씀 계속 드리겠습니다. 그래도 될까요?"

어느새 대화의 주도권은 강찬의 손에 들린 상태. 이야기를 조금 더 쉽게 풀어나갈 수 있게 된 강찬이 말을 이어갔다.

"월드컵 코드를 넣을 순 있습니다. 하지만 월드컵과 UCC의 홍보, 두 가지가 담긴 광고가 하나에 집중한 것보다 나은 효과를 가져올 수 있을까요?"

그가 말을 함과 동시에 그의 능력, 연설이 효과를 발하기 시작했다. 대학생에게 일을 맡기는 것에 거부감을 느끼고 있던 배찬수의 눈길이 호의적으로 바뀌기 시작한 것.

그 기세를 읽은 강찬이 말을 이어갔다.

"배 과장님이 걱정하시는 게 뭔 줄 압니다. 그런 걱정을 한 번에 날려 드릴 작품을 보여 드리죠. 만약 배 과장님이 보기에 컨펌을 받지 못할 것 같다는 생각이 들면, 그땐 월드컵이든 올림픽이든 다 넣겠습니다."

말을 마친 강찬은 호흡을 조절하며 배찬수와 눈을 맞춘 뒤 물었다.

"어떻습니까?"

강찬이 회의실을 나간 후.

회의실에 남은 배찬수는 목이 답답했는지 넥타이를 풀며 말했다.

"잘한 선택이겠지?"

"그럼요."

강찬의 눈을 본 배찬수는 그대로 고개를 끄덕였고 결국 강찬의 주도하에 계약이 진행되어 버렸다.

"이제 스물이라고?"

"예. 대학교 1학년이요."

"이야…… 최 선배가 추천해 주셨다고 했지. 언제 한번 밥 사러 가야겠네."

영화감독이 아니라 영업사원이라고 해도 믿었을 것이다. 처음에는 스물로 보였지만 대화가 이어질수록 윗사람을 대하는 느낌까지 들 정도.

'누군가에게 배웠을 리도 없으니 타고났다는 소린데.'

배찬수는 후, 하고 짧은 숨을 뱉었고 그것을 본 안민영이 말했다.

"한번 믿어보라고 했잖아요."

"그래. 감도 좋고 패기도 좋고 다 좋은데. 그런데 이 바닥에 그런 애들 한둘 아니었잖아."

말을 마친 배찬수는 강찬이 나간 문을 바라보며 말했다.

"게다가 백 이사, 그 양반 눈이 워낙 까다로워야지."

백중혁 홍보 이사.

한국 영화계에 프로듀서라는 단어를 처음 등장시킨 사람이자 일흔이 가까운 나이에도 현장의 최전방에서 뛰는 이였다.

그의 프로듀싱을 받기 위해 유명 감독들이나 작가들도 찾아올 정도로 영향력과 실력을 두루 갖춘 사람이다.

하지만 눈이 워낙 높아 사회적 지위가 어떻든 간에 실력이 받쳐주지 않는다 생각하면 절대 함께 일하려 하지 않는 대쪽 같은 성격까지 가진 이.

"한 번 눈 밖에 나면 끝이야."

"반대도 마찬가지잖아요. 그래도 한번 눈에 들면 자기 새끼처럼 아껴주시니까."

"그건 그렇지."

배찬수는 과연 이번 선택으로 백중혁 이사의 눈에 확실히 들 수 있을지, 이번에는 김 과장을 밟고 올라설 수 있을지에 대해 고민을 하다가 이내 관자놀이를 꾹 눌렀다.

"안 PD, 한마디만 해줘라."

"뭐요?"

"잘될 거라고."

그의 말에 안민영이 헛웃음을 흘린 뒤 말했다.

"걱정 마세요, 배 과장님. 이번에 김 과장님 제치고 차장 달 거라니까?"

"그래. 꼭 그러길 바란다."

영일 미디어아츠에서 나온 강찬은 곧바로 촬영 장비 대여 숍으로 향했다.

"촬영용 카메라 풀 세트 B. 여기서 삼각대만 셔틀러로 바꿔 주실 수 있나요?"

"어…… 그렇게는 안 돼요. 세트별로 나가는 거라."

"그럼 삼각대 하나 더 빌릴게요. 그렇게는 되죠?"

강찬의 말에 사장의 얼굴에 당황이 서렸다. 몇 번 튕기다 해 주려는 의도였는데 바로 돈을 더 쓴다니.

"당연히 되죠."

사장이 대답도 하기 전, 다른 코너로 이동한 강찬이 모니터 들을 가리키며 물었다.

"필드 모니터는 이게 다인가요?"

"찾으시는 건 다 있죠. 이쪽으로……."

"이거 뷰파인더로도 쓸 수 있죠?"

"그럼요. 내장 배터리까지 들어 있는 모델이라 충전만 하면 선 연결 안 하고도 사용 가능합니다."

고개를 끄덕인 강찬은 수첩에 모델명을 적은 뒤 고개를 돌렸다.

"조명은 500w 이상으로 2개요. 반사판 큰 거 하나랑 휴대용 하나. 이렇게 두 개면 되고…… 콘덴서 마이크랑 붐 폴은 세트로 있나요?"

"예. 붐 폴에 홀드하실 거죠?"

"그렇죠."

"발전기는 필요 없으신가요?"

"그것도 필요하죠. 저소음 발전기로 하나만 추천해 주세요."

발전기들이 있는 곳으로 간 사장은 제일 세련되게 생긴 발전기를 가리키며 말했다.

"이게 성능은 가장 좋습니다. 혼다에서 나온 건데 저소음, 고출력, 고효율. 문제는 가격이……."

강찬은 가격조차 듣지 않고 대답했다.

"그걸로 주세요."

강찬은 영일 미디어아츠와 계약을 한 뒤 제작비로 사용할 수 있는 법인 카드를 받았다.

그렇기에 씀씀이에 거침이 있을 리 없었다. 마음에 드는 것은 그대로 결제를 해버리는 모습에 당황한 쪽은 대여 숍의 사장이었다.

그것도 잠시.

오랜만에 나타난 큰손에 신이 난 사장은 강찬이 필요할 만한 물건들을 줄줄이 가져오며 그의 쇼핑을 도왔다.

강찬이 쇼핑을 마쳐갈 때쯤 용달 기사가 도착했다는 연락이 왔다. 지체할 것 없이 짐을 실은 강찬은 용달 기사와 함께 서대호의 집으로 향했다.

To Be Continued

힐통령
태양의 사제

제리엠 게임판타지 장편소설

WISHBOOKS GAME FANTASY STORY

"착하긴 뭐가 착해? 저런 퀘스트를 하는 건 착해서가 아니고
그냥 호구인 거야. 호구."

등 뒤에서 멀어지는 소리에
카이가 슬쩍 그들을 돌아봤다.

'내가 호구라고? 설마.'

[곤경에 처해 있는 NPC에게 선행을 베풀었습니다.]
[선행 스탯이 1 상승합니다.]

착한 일을 하면 보상이 따라온다?!

계산적이지만 그래서 더 선행을 할 수밖에 없는
힐이면 힐, 딜이면 딜.
힐통령 카이의 미드 온라인 정복기!